本书为厦门大学研究生教材资助项目

美国经典诗歌赏析

Appreciation of American Classic Poetry

李美华　著

厦门大学出版社
XIAMEN UNIVERSITY PRESS
国家一级出版社
全国百佳图书出版单位

图书在版编目（CIP）数据

美国经典诗歌赏析 / 李美华著. -- 厦门：厦门大
学出版社，2022.9
　　ISBN 978-7-5615-8727-0

　　Ⅰ．①美… Ⅱ．①李… Ⅲ．①诗歌欣赏－美国 Ⅳ．
◯I712.072

中国版本图书馆CIP数据核字(2022)第161394号

出 版 人	郑文礼
责任编辑	王扬帆
封面设计	李夏凌

出版发行	厦门大学出版社
社　　址	厦门市软件园二期望海路 39 号
邮政编码	361008
总　　机	0592-2181111　0592-2181406(传真)
营销中心	0592-2184458　0592-2181365
网　　址	http://www.xmupress.com
邮　　箱	xmup@xmupress.com
印　　刷	厦门集大印刷有限公司

开本	720 mm×1 020 mm　1/16
印张	18
插页	1
字数	218 千字
版次	2022 年 9 月第 1 版
印次	2022 年 9 月第 1 次印刷
定价	75.00 元

厦门大学出版社
微信二维码

厦门大学出版社
微博二维码

前　言

　　从北美殖民地时期到 21 世纪的今天，美国诗歌发展跨越了 400 多年。安妮·布拉德斯特里特和爱德华·泰勒都被认为是北美殖民地时期最早的诗人，而布拉德斯特里特于 1650 年出版的《第十位缪斯在美洲出现》成了美国最早的诗集。这以后，美国诗人以白人为主体，队伍不断壮大。19 世纪出现了亨利·沃兹沃斯·朗费罗、沃尔特·惠特曼、艾米莉·狄金森等著名诗人，他们出生在美国，成长在美国，用自己的方式讴歌美国大陆，抒写美国生活。到了 20 世纪，美国诗歌更是以前所未有的态势向前发展，出现了众多诗派，有现代主义诗歌、意象派诗歌、垮掉派诗歌、自白派诗歌、逃亡者诗歌及后现代派诗歌等。各诗派诗人大显身手，美国诗歌园地里百花齐放，精彩纷呈。本书选取了美国诗歌史上 12 位诗人的作品，这些诗人包括亨利·沃兹沃斯·朗费罗、沃尔特·惠特曼、艾米莉·狄金森、埃德温·阿灵顿·罗宾逊、罗伯特·弗罗斯特、艾米·洛威尔、威廉·卡洛斯·威廉斯、埃兹拉·庞德、希尔达·杜利特尔（H.D.）、兰斯顿·休斯、玛雅·安吉罗和玛丽·奥利弗。

　　朗费罗是 19 世纪最受欢迎的美国诗人，也是第一位获得国际声誉的美国诗人。他的诗歌不但在美国影响深远，在世界上也广受赞誉，不但为美国文学,而且为世界文学做出了贡献。惠特曼则开创了美国诗歌的新时代,他对美国诗歌形式进行了大胆的创新,打破了传统的诗歌格律,采用自由体创作,使诗歌节奏更加自由奔放。他的《草叶集》开创了美国诗歌的新时代,一版再版,还被译成多种文字,在世界文坛颇有影响。惠特曼不但成了美国文化一道亮丽的风景,而且也成了美国文坛一则永恒的记忆。与惠特曼同时期的诗人是狄金森。这个一辈子没有结婚,住在父母家里阅读、思考、写作的女诗人,总共写了1700多首诗歌,而我们从中选取几首就可以管窥她诗歌的总体成就。

罗宾逊是个把一生都献给诗歌事业的诗人。他大多写传统的押韵诗,主题包括失败、孤独、无助等等。因为杰出的诗歌成就,他一共获得了3次美国普利策诗歌奖。弗罗斯特是美国20世纪最伟大的诗人之一,一生共获得4次普利策诗歌奖。他的诗歌字面上好懂,没有太多复杂的典故和暗指,却反映了自然、寂寞、自我等多方面的主题,所以,他的诗歌很受欢迎,拥有很大的读者群。

洛威尔是意象派诗歌的代表人物,她毕生致力于意象派诗歌创作,为意象派诗歌从欧洲到美国的引入和传播做出了重大贡献,推进了美国诗歌的发展。威廉斯也是意象派诗人之一,但他不喜欢庞德崇尚欧洲文化的行为,认为必须在美国的土地上写诗。他诗歌里的意象明快而清晰,史诗式的长诗《帕特森》为他赢得了广泛的赞誉。庞德是美国诗坛的杰出代表,是意象派诗歌的创始人之一。他的人生经历跌宕起伏,但他的文学成就已然成了世界文学宝库中璀璨的明珠。《诗章》是庞德最重要的诗歌作品,也是英美现代诗的扛鼎之作。除了诗歌创作,庞德在翻译方面也有很大成就,译自中国古诗的《华夏集》同样成了英美现代派诗歌的主要作品。希尔达·杜利特尔是和庞德一起活跃在意象派诗歌领域的美国女诗人,她的作品先是在欧洲出版,后由洛威尔介绍到美洲,从此在欧美两地都为人所知,名声大噪。1960 年,希尔达·杜利特尔获得了美国文学艺术学院颁发的诗歌奖,成了获此殊荣的第一位女诗人。

休斯是哈莱姆文艺复兴时期的代表性诗人,是美国文坛的多面手,他既是著名的诗人,也是小说家、专栏作家、剧作家和散文家,还是少有的几个能够靠写作为生的非裔美国作家。休斯在自己的作品中歌颂黑人文化,启蒙黑人的自我意识和种族觉悟,为美国黑人文学做出了很大贡献。安吉罗是美国著名的黑人女作家和女诗人。她一生做过很多工作,历经各种艰辛,最后通过个人努力在美国文学、演艺和社会活动等方面都取得了不凡的成就。奥利弗也是美国当代著名女诗人。她的诗歌根植于美国自然写作的传统,被认为是人类社会文明泛滥的一种解药。在她的诗歌中,读者可以体会到自然给予的宁静、愉悦、慰藉以及天人合一的感觉。这和喧嚣的城市生活形成了鲜明的对比,让人们不禁对回归自然心生憧憬和向往。

这 12 位诗人处于美国诗歌的不同时期,分属各种诗派却又各有特色。阅读他们的诗作,可以给我们带来不同的阅读体验和感悟。

目　录

1

亨利·沃兹沃斯·朗费罗的诗歌

一、朗费罗简介

亨利·沃兹沃斯·朗费罗(Henry Wadsworth Longfellow,1807—1882)被誉为迄今最受欢迎的美国诗人。他的很多诗句就像童谣一样让人耳熟能详,终生难忘。他的读者遍布社会各阶层,男女老幼皆有之。朗费罗的诗歌之所以会受到社会各界的欢迎,究其原因,首先,是因为他的诗歌韵律清晰,朗朗上口,就像小鸟唱歌一样动听。读过或听过一两遍后,那韵律就会萦绕脑际,久久不能忘怀。其次,朗费罗诗歌表现的主题也是人们所熟悉的。他的诗歌好懂,诗意直达读者内心。诗中蕴含的快乐、乐观的精神和坚定的信念,都能引起人们心灵深处的共鸣。

朗费罗是最早在诗歌中书写美国主题的诗人之一。他写美国风光、美国印第安人、美国历史和美国传统等等,这在美国这个当时还相对年轻的国家是很受欢迎的。众所周知,19世纪初的美国远非一个文化底蕴很强的国家,文学、艺术和音乐等大都源于欧洲,特别是英国。那时候,人们普遍认为,只有从欧洲来的东西才是有价值的,而美国本土的东西则受到贬斥,被人瞧不起。所以,朗费罗立足美国本土、书写美国题材的诗歌便显得颇具美国性。

朗费罗从小聪慧,三岁开始上学,一直是备受老师喜爱和表扬的好学生。从小母亲就给他读各种故事,这对他的影响很大,特别是华盛顿·欧文的《见闻札记》(*The Sketch Book*,1819)。该书幽默风趣的笔调和富于幻想的浪漫色彩给朗费罗留下了深刻的印象。"每个读者都有他读的第一本书，"朗费罗如是说，"我的意思是，在所有的书中，有一本书在他的青少年时期最先迷住了他的想象力，让他心里的欲望立马得到触动和满足。对我来说，这第一本书就是华盛顿·欧文的《见闻札记》。"①

朗费罗的父亲原本想让儿子子承父业，当一名律师。但在朗费罗19岁的时候，他就读的鲍登学院要开现代语言学课程。学院让刚毕业的朗费罗来教授这一门课。为此，他得到了去欧洲游历学习的机会。1826年，朗费罗前往欧洲，到过西班牙、意大利、德国、英国等国家，于1829年回到母校，成了一名大学教师。1834年，朗费罗获得哈佛大学的教授职位，因备课需要再次前往欧洲。这次同行的还有他的妻子。不幸的是，他的妻子因为流产而亡。回国后的朗费罗租住在波士顿查尔斯河畔的"克雷吉之屋"。这座房子曾经是独立战争时期华盛顿的指挥部，后来辗转到了内森·阿普尔顿的手里。朗费罗爱上了阿普尔顿的女儿弗朗西斯，这座房子则成了他们的结婚礼物。

与此同时，朗费罗事业顺利，佳作频出，《许珀里翁》（*Hyperion*，1839）和《夜之声》（*Voices of the Night*，1839）相继出版。1847年，《伊凡吉琳》（*Evangeline*，1847）出版，这是朗费罗三部重要叙事诗中的第一部，其他两部分别为1855年出版的《海华沙之歌》（*The Song of Hiawatha*）和1858年出版的《迈尔斯·斯坦狄什的求婚》（*The Courtship of Miles Standish*）。《海华沙之歌》的出版最为轰动，这是印第安主题第一次进入美国文学。这部作品颇具想象力和独创性，在世界文学史上占有了一席之地。

———————————

① Sacvan Bercovith(ed.)，"Prose Writing 1860—1920," in *The Cambridge History of American Literature*：V.3（New York：Cambridge University Press，2005），p.257.中文为编者自译。

1861年,朗费罗的家遭遇火灾,妻子不幸罹难,朗费罗也被严重烧伤。为了缓解丧妻之痛,朗费罗翻译了但丁的《神曲》,并于1867年出版。这以后,朗费罗并未停止创作,虽然创作高峰期已经过去,但仍有作品问世。晚年的主要作品包括《候鸟》(*Birds of Passage*,1860)、《新英格兰悲剧》(*The New England Tragedies*,1868)、《潘多拉的假面舞会及其他诗歌》(*The Masque of Pandora,and Other Poems*,1875)、《凯洛莫斯和其他诗歌》(*Keramos and Other Poems*,1878)、《天涯岛》(*Ultima Thule*,1880)和《泊港集》(*In the Harbor*,1882)等。

二、朗费罗的爱情诗

Mezzo Cammin

Half of my life is gone, and I have let

The years slip from me and have not fulfilled

The aspiration of my youth, to build

Some tower of song with lofty parapet.

Not indolence, nor pleasure, nor the fret

Of restless passions that would not be stilled,

But sorrow, and a care that almost killed,

Kept me from what I may accomplish yet;

Though, half-way up the hill, I see the Past

Lying beneath me with its sounds and sights, —

A city in the twilight dim and vast,

With smoking roofs，soft bells，and gleaming lights，—

And hear above me on the autumnal blast

The cataract of Death far thundering from the heights.

中　途

我的生命已度过一半时光，

听任岁月悄悄地离我而去，

不曾实现青年时期的抱负——

建一座诗歌之塔，护之以高墙。

并不是怠惰，并不是欢娱浪荡，

也不是纷扰不宁的焦躁情绪，

而是悲哀，是致人死命的忧郁，

阻碍我实现那可能实现的理想。

像登山到了中途，我回头俯视，

望见了"往昔"，它的声音和景象，

浩茫昏暝的暮色中，那一座城市，

炊烟、晚钟，荧荧闪烁的灯光，

听苍穹高处，飒飒秋风里，那预示

死亡暴雨的雷声已隐隐震响。①

---

① 亨利·沃兹沃斯·朗费罗：《朗费罗诗选》，杨德豫译，广西师范大学出版社，2009，第 51 页。

【作品赏析】

朗费罗经历了两次婚姻，第一任妻子玛丽是跟他一起在欧洲游历时离世的，这让朗费罗遭受了巨大的丧妻之痛。七年之后，朗费罗重访德国，写下了这首纪念亡妻的诗。这首十四行诗是朗费罗最好的诗之一，题目来源于但丁《神曲》的开头一句，是意大利语，意思是"在我生命的旅途中"。

在这首诗中，朗费罗表达了自己年过三十而"壮志未酬"的惆怅。这个"壮志"不是别的，是要建造一座恢弘壮丽的诗歌殿堂。这是他年轻时就立下的壮志，可是，现在自己年已三十五，却似乎毫无建树。朗费罗接下来分析了壮志之所以未酬的原因。他说："并不是怠惰，并不是欢娱浪荡，/也不是纷扰不宁的焦躁情绪，/而是悲哀，是致人死命的忧郁"。这里的悲伤即是他的第一任妻子玛丽的去世带来的。玛丽在朗费罗 28 岁时就随同他游历欧洲，但不幸因流产去世。如今，十年的光阴已经过去，她的去世给他带来的悲伤却尚未过去。而忧郁则是更重要的原因，因为诗人说这是很致命的。这种忧郁不是来源于过去，而是来自时间的流逝和时不我待的紧迫感。诗中，朗费罗说自己处于人生的中途，往身后看，往事如烟，就像是暮色苍茫中的一座城池，若隐若现。往前看，却仿佛在秋风萧瑟中听到了死亡的暴风雨正在逼近，也就是诗中最后两句所表达的意思。

总的来说，朗费罗通过这首诗表达了自己对年过三十还没有实现年轻时代的崇高理想的惆怅和时不我待的紧迫感。这首诗，虽然是写给妻子的悼亡诗，但其中不但蕴含了对妻子的怀念之情，而且也蕴含了时间飞逝、壮志未酬的惆怅。可以说，这既是一首爱情诗，也是一首励志诗。

The Evening Star

Lo！in the painted oriel of the west，

  Whose panes the sunken sun incarnadines，

  Like a fair lady at her casement，shines

The evening star，the star of love and rest！

And then anon she doth herself divest

  Of all her radiant garments，and reclines

  Behind the sombre screen of yonder pines，

With slumber and soft dreams of love oppressed.

O my beloved，my sweet Hesperus！

  My morning and my evening star of love！

My best and gentlest lady！even thus，

  As that fair planet in the sky above，

Dost thou retire unto thy rest at night，

And from thy darkened window fades the light.

晚　星

你看，西边天上彩绘的凸窗，

窗玻璃已经被夕阳染上红晕，

黄昏星亮了，爱情和憩息的星辰！

像独自倚着窗扉的娟秀女郎。

不久,便卸去周身璀璨的盛装,

她在松林的黑屏风后面就寝,

去寻觅柔婉梦境,在梦里重温

掩抑不露的恋情,沉入了睡乡。

哦!迷人的太白星,我挚爱的伴侣!

清晨和黄昏露面的爱情之星!

无比娴雅、无比高贵的淑女!

当皎洁月魄徐徐升上夜空,

你呀,便默默退隐,回去安歇,

窗口暗下来,灯光已悄然熄灭。①

【作品赏析】

　　这是朗费罗写给第二任妻子弗朗西斯的情诗。朗费罗的第一任妻子因流产而亡,第二任妻子是他苦苦追求了七年后才答应嫁给他的弗朗西斯。婚后两人很幸福。这首诗写于他们婚后的第三年。

　　在《晚星》或者说《黄昏星》这首诗中,朗费罗借描写自然界的晚星表达了自己对妻子的爱恋。晚星到底是指什么星呢?其实,晚星就是金星,也叫太白星。傍晚,它出现在西边的天上,所以也叫晚星,或者叫长庚星。早晨,它出现在东边的天上,因为比太阳出现得早,所以也叫晨星,或者叫启明星。它是除太阳和月亮以外最亮的星星。诗人把妻子比作晚星,由此可以看出妻子在朗费罗心里的位置。

　　在《晚星》这首诗中,朗费罗先是描写了日落后在西边天上出现的

---

　　① 亨利·沃兹沃斯·朗费罗:《朗费罗诗选》,杨德豫译,广西师范大学出版社,20□,第52页。

晚星。太阳下山了，晚星出来了，晚星的出现意味着夜晚的到来，也就是说，人们结束了一天的劳作，可以休息了。所以，晚星也是"休息"之星。他又把妻子比作晚星，所以晚星是"爱情和憩息的星辰"。

接下来，诗人说，晚星也是晨星，从早到晚，都有它的存在。这也点出了晚星的特点。早晨，它出现在东边，也就是启明星，意味着天要破晓了，黎明就要到来了。晚上，它出现在西边，也就是长庚星，意味着夜幕降临，夜晚要到来了。朗费罗借用金星本身的自然特点，表达了对妻子的爱一如既往，始终不渝。再者，金星在希腊神话里被称为阿芙罗狄特，是象征爱与美的女神；而在罗马神话里，它被称为维纳斯，也就是象征美的女神。在这首诗中，朗费罗把妻子比喻成晚星，可见朗费罗对妻子深沉的爱意。

遗憾的是，厄运来临，朗费罗家不慎失火，弗朗西斯不幸去世。朗费罗想救出妻子，但因火势太猛，他不但没能救出妻子，而且自己也被烧伤了。据说朗费罗后来之所以蓄了长胡须，就是要遮盖脸上烧伤的疤痕。

The Cross of Snow

In the long, sleepless watches of the night,

A gentle face—the face of one long dead—

Looks at me from the wall, where round its head

The night-lamp casts a halo of pale light.

Here in this room she died; and soul more white

Never through martyrdom of fire was led

To its repose; nor can in books be read

The legend of a life more benedight.

There is a mountain in the distant West，

That，sun-defying，in its deep ravines

Displays a cross of snow upon its side.

Such is the cross I wear upon my breast

These eighteen years，through all the changing scenes

And seasons，changeless since the day she died.

雪的十字架

夜晚，在漫长无眠的凝望里

一张温和的面庞——一张逝去已久的面庞——

从墙上望着我，在她头像的周围

夜灯投下一圈苍白的光。

就在这房间里，她在大火中殉难，

她的灵魂越发纯洁，终于进入安息；

书本中也无法读到

比这更有福报的传奇人生。

在遥远的西方，有一座山

不用阳光的沐浴，在其深谷的山梁上

立着一个雪的十字架。

我一直把这十字架戴在胸口

十八年来，纵风景在变，季节变换

自从她逝去的那一天起

这十字架永恒不变,还是原样。①

【作品赏析】

从这首诗中,读者似乎可以看到这样一幅画面:在无眠的长夜里,诗人坐在房间里,看着墙上挂着的已故妻子的照片,夜灯在照片周围投下一圈淡淡的光影。于是,朗费罗对妻子的思念便在暗夜里弥漫开来。想起妻子,势必会想起18年前那场大火,无情的大火吞噬了妻子的生命,她就死在他现在待着的房间里。然而,大火虽然夺走了她的生命,她的灵魂却从未因大火而消逝。她的生命是一种传奇,而这种传奇是任何书籍都没有记载的。

接着,朗费罗想起了妻子安葬的地方。在远方,在西边的一座山里,妻子就安葬在山谷里。她的墓地上有个十字架,而这十字架也戴在朗费罗的胸口。这象征着朗费罗时刻把故去的妻子放在心上,思念着她。诗的结尾尤为感人:"十八年来,纵风景在变,季节变换,/自从她逝去的那一天起/这十字架永恒不变,还是原样。"妻子已经去世18年了,时间在不停地流逝,风景在不停地变化,季节也在不停地更迭,但是,于朗费罗,这18年都没有改变。其实,没有改变的是朗费罗对妻子的爱,没有改变的是朗费罗对妻子一如既往的思念。他把那十字架戴在胸前,也就是把对妻子的爱镂刻在心里。这不禁让我们想起宋代大词人苏东坡给妻子写的悼亡词,词中说道:"十年生死两茫茫,不思量,自难忘。"这两首诗词,虽然一为美国诗歌,一为中国宋词,但在对亡妻的思念和悼念上,颇有异曲同工之妙。

---

① Henry Wadsworth Longfellow, "The Cross of Snow," in *The Chief American Poets*, ed. Curtis Hidden Page(Cambridge:The Riverside Press,1905), p.257.李美华译。

三、朗费罗的哲理诗

The Rainy Day

THE day is cold，and dark，and dreary；

It rains，and the wind is never weary；

The vine still clings to the moldering wall，

But at every gust the dead leaves fall，

And the day is dark and dreary.

My life is cold，and dark，and dreary；

It rains，and the wind is never weary；

My thoughts still cling to the moldering Past，

But the hopes of youth fall thick in the blast，

    And the days are dark and dreary.

Be still，sad heart！ and cease repining；

Behind the clouds is the sun still shining；

Thy fate is the common fate of all，

Into each life some rain must fall，

    Some days must be dark and dreary.

雨　天

今天天气又冷，又暗，又凄惨；

雨下个不停，风也老刮个不倦；

藤萝依旧萦绕着颓败的墙垣，

每阵风来，枯叶又落下几片。

今天天气又暗又凄惨。

我的生活又冷，又暗，又凄惨；

雨下个不停，风也老刮个不倦；

心情依旧萦绕着颓败的往昔，

青春的希望早已被狂风吹散！

日子过得又暗又凄惨。

平静些，忧伤的心！且休要嗟怨；

乌云后面已然有阳光灿烂；

你的命运是大众共同的命运，

人人生活里都会有无情的雨点，

总有些日子又暗又凄惨。①

---

① 亨利·沃兹沃斯·朗费罗：《朗费罗诗选》，杨德豫译，广西师范大学出版社，2009，第 21 页。

【作品赏析】

朗费罗用简单明了的三节诗句,把雨天和人的一辈子联系在一起。一年四季,不管是春暖花开的春天,万物生长的夏天,秋高气爽的秋天,还是天寒地冻的冬天,都免不了会碰到雨天,这是不以人的意志为转移的。而大风一吹,树叶掉落,就会呈现一幅凄凉、阴郁的景象。

诗的第一节,朗费罗首先描述了一个雨天的情景。天气阴冷,风雨交加,风吹叶落,一派惨状。这就是朗费罗对"今天"天气的描述。接下来的第二节,诗人以雨天为喻,告诉我们他的人生也一样,会有寒冷、阴暗和倦怠的时候。这种时候,他的思绪耽溺于过去,而年轻时候所抱有的希望却在风中飘零。这里,雨天象征着不顺心的时候,也许是困难,也许是不幸,也许是挫折,也许是病痛,这所有的东西,就像一年四季必然会遇到的雨天一样,是不可避免的。

但是,朗费罗的感叹并没有继续下去,诗歌的第三节来了个大转折。朗费罗一开始便用了祈使句,用坚定、命令的口吻让忧伤的心平静下来,不要再无谓地抱怨:"平静些,忧伤的心!且休要嗟怨;"。其实,乌云遮不住太阳。生活总是晴朗的时候多,阴雨天少。不要以为只有自己一人命运不济,只有自己才会碰到不顺和挫折;其实,每个人的一辈子都不可能只有晴天没有雨天,只有顺境没有逆境。在这方面,人人平等。所以,不要一碰到挫折和困难就牢骚满腹,怨天尤人,好像命运只有对你不公,困难只有在你面前出现。相信了这一点,就能积极乐观地面对困难,想办法克服困难。因为,乌云遮不住太阳,再大的风雨,再不好的天气,总会有云开雾散的时候。风雨过后,便会是晴天。人一辈子,还是要积极向上,乐观向前,这才是正确的人生态度。这就是朗费罗这首诗给我们的启示。

A Psalm of Life

—What the Heart of the Young Man Said to the Psalmist

TELL me not, in mournful numbers,

    Life is but an empty dream! —

For the soul is dead that slumbers,

    And things are not what they seem.

Life is real! Life is earnest!

    And the grave is not its goal;

Dust thou art, to dust returnest,

    Was not spoken of the soul.

Not enjoyment, and not sorrow,

    Is our destined end or way;

But to act, that each to-morrow

    Find us farther than to-day.

Art is long, and Time is fleeting,

    And our hearts, though stout and brave,

Still, like muffled drums, are beating

    Funeral marches to the grave.

In the world's broad field of battle,

In the bivouac of Life，

Be not like dumb，driven cattle！

Be a hero in the strife！

Trust no Future，howe'er pleasant！

Let the dead Past bury its dead！

Act，—act in the living Present！

Heart within，and God o'erhead！

Lives of great men all remind us

We can make our lives sublime，

And，departing，leave behind us

Footprints on the sands of time；

Footprints，that perhaps another，

Sailing o'er life's solemn main，

A forlorn and shipwrecked brother，

Seeing，shall take heart again．

Let us，then，be up and doing，

With a heart for any fate；

Still achieving，still pursuing，

Learn to labor and to wait．

人生颂

——年轻人的心对歌者说的话

不要在哀伤诗句里告诉我：

"人生不过是一场幻梦！"

灵魂睡着了，就等于死了，

事物的真相与外表不同。

人生是真的！人生是实的！

它的归宿决不是荒坟：

"你本是尘土，必归于尘土"，

这是指躯壳，不是指灵魂。

我们命定的目标和道路

不是享乐，也不是受苦；

而是行动，在每个明天

都超越今天，跨出新步。

智艺无穷，时光飞逝；

这颗心，纵然英勇刚强，

也只如闷声擂动的鼙鼓，

奏着进行曲，向坟地送葬。

世界是一片辽阔战场，

人生是到处扎寨安营；

莫学那听人驱策的哑畜，

做一个威武善战的英雄！

别指靠将来，不管它多可爱！

把已逝的过去永久掩埋！

行动吧——趁着活生生的现在！

胸中有赤心，头上有真宰！

伟人的生平启示我们：

我们能够生活得高尚，

而当告别人世的时候，

留下脚印在时间的沙土；

也许我们有一个弟兄

航行在庄严的人生大海，

遇险沉了船，绝望的时刻，

会看到这脚印而振作起来。

那么，打起精神来干吧，

对任何命运要敢于担待；

不断地进取，不断地追求，

要善于劳动,善于等待。①

【作品赏析】

在朗费罗积极向上的诗歌中,最有名的就是《人生礼赞》了。朗费罗称这首诗是年轻人的心对歌者所说的话。杨德豫先生把这首诗的题目译为《人生颂》。

这首诗比较长,共有9节,每节4行,共36行。诗的韵很工整,每一节的第一行和第三行押韵,第二行和第四行押韵。但是,翻译过来,就没办法保持这样的韵,连保留双行押韵都很难做到。从这点我们可以看出,翻译本身是会有缺失的,特别是在诗歌的形式和节奏方面。

这是朗费罗的诗歌中最令人喜爱和最受欢迎的一首诗,不但为美国人喜爱,而且为世界各地的人所喜爱。究其原因,就是这首诗给人带来的积极向上的精神。

关于人生,很多哲人都有过精辟的论述,"人生如梦"已是一句耳熟能详的名言。人们在发生了不可思议的事情以后,往往感叹"就像做梦一样"。人生旅途将要走到终点时,更会发出"人生如梦"的感叹。莎士比亚在著名剧作《麦克白》中有段名言,其中一句是:"All the world's a stage, and all the men and women merely players."意思是说,世界就是一个舞台,而所有的男人和女人只不过是演员。关于人生如戏的说法,憨山大师的《醒世歌》里也有这样的诗句:"休得争强来斗胜,百年浑

---

① 亨利·沃兹沃斯·朗费罗:《朗费罗诗选》,杨德豫译,广西师范大学出版社,2009,第3页。

是戏文场。顷刻一声锣鼓歇,不知何处是家乡。"①人生如梦,人生亦如戏,朗费罗是否认同这样的观点呢?诗歌一开始,朗费罗就告诉了我们他对人生的态度:"不要在哀伤诗句里告诉我:/'人生不过是一场幻梦!'"可见,朗费罗不同意人生如梦的看法。他的看法在诗歌的第二节中明确表达了出来,他不认为人生的归宿就是坟墓。但是,有生必有死,死后入土,人生的归宿不就是坟墓吗?我们先来了解一下基督教对生命的起源和归宿的看法。根据基督教的观点,人类的始祖亚当和夏娃是上帝造出来的,先用泥土造出亚当,再从亚当身上抽出一根肋骨造出了夏娃。"人本是尘土"指的就是这个意思。人死以后,再埋进土里,进入坟墓,这就是"必归于尘土"的意思;但是,诗人告诉我们,肉体是这样的,但灵魂绝不是如此,因为基督教徒相信人死后灵魂是不灭的。所以,对于人生,朗费罗认为,人生并非是虚无的,但享乐和悲叹都不能让人生不虚无。要想人生不虚无,必须行动,这就是诗歌第五节中所说的,必须行动起来,让每个明天都超越今天,这是激人奋进的诗句!既然要行动,那就必须把世界当成一个大战场,所以,诗人说:"世界是一片辽阔战场,/人生是到处扎寨安营",也就是说,人生就是一个战场,人不能像牛一样被盲目地驱来赶去,而应该做一个"威武善战"的战斗英雄。

朗费罗还告诉我们,伟人之所以成为伟人,就是因为他们取得了辉煌的成就。而我们所有人,只要付出努力,做出成绩,即使没有成为伟人,也能在人生旅途上留下清晰的脚印。而这些留下的脚印或许就能给某位在船只失事中幸存下来的绝望的人一点希望,让他在不幸的逆

---

① 转引自王红蕾:《憨山德清与晚明士林》,中国社会科学出版社,2000年,第177页。

境中能够重新鼓起勇气，克服困难，成为改变不幸遭遇、重新面对现实的强者。

在诗歌中，朗费罗还用一节诗句明确表达了对过去、现在和未来的看法。他说："别指靠将来，不管它多可爱！／把已逝的过去永久掩埋！／行动吧——趁着活生生的现在！／胸中有赤心，头上有真宰！"诚然，过去不管多么辉煌，都已经成了过去，人不能整天沉溺在过去当中，而应该着眼于现在。而未来毕竟是还没有到来的事情，再令人愉悦，毕竟还不是事实。所以，只有现在是实打实的。故此，现在就必须采取行动。

朗费罗在诗歌的最后一节告诫我们，要学会劳作，要付出足够的努力，这样才会有结果，才会有成绩。但是，也不能急功近利，除了学会劳作，还必须学会等待。所谓的功到自然成就是这个道理。只要付出努力，耐心等待，就一定会成功，一定会有成果。也就是说，要鼓起勇气，不畏困难，面对现实，不断进取，耐心等待努力的结果和目标的实现。

《人生礼赞》的主题发人深省，让人感悟到人生的价值，激励人们采取正确的人生态度，即不要耽溺于过去，也不要盲目地相信未来，而要着眼于现在。现在就必须行动起来，为了实现人生的目标而努力奋斗。

2

沃尔特·惠特曼的诗歌

一、惠特曼简介

　　沃尔特·惠特曼（Walt Whitman，1819—1892）出生于纽约长岛，后来举家迁居到纽约对面的布鲁克林。惠特曼是土生土长的第一代美国诗人。孩提时代，他经常坐着渡轮往返于布鲁克林和纽约之间，这些旅程既让他乐在其中，也让他感到神秘莫测，为他日后的诗歌创作提供了不少素材。惠特曼所受的正规教育并不多，年仅 11 岁就辍学了，但他从未停止阅读。他的很多知识都来自阅读，博物馆、图书馆和各种各样的讲座同样是他获取知识的途径。在纽约和布鲁克林的生活经历对惠特曼一生的影响很大：快速发展的纽约给了他观察城市变化的好机会，他后来很多诗歌和散文作品集中描写的都是纽约的城市历史以及在布鲁克林和长岛的经历。

　　惠特曼年轻时当过小学教师，那时候的他已经开始写诗，有时还把自己的诗歌当作上课用的教材。他鼓励学生不要只依赖教科书，而要从别的渠道学习知识，学习更多的经验，接受新的观点。但是，他总觉得自己不适合教书，所以决定当个作家。1840 年到 1845 年是惠特曼作为小说家成绩最显赫的时期，不但发表了短篇小说，还出版了长篇小说。与此同时，惠特曼还是个成功的记者，为纽约各大报社写稿，后来成了布鲁克林《鹰报》的总编。这一职位给他提供了一个平台，可以对不同的论题发表评论。但是，因为反对蓄奴制，惠特曼丢掉了总编职位。惠特曼是坚定的废奴主义者，美国内战期间，他亲自去医院帮忙，照顾伤病员，帮他们写信，陪他们说话，给他们安慰，把希望和爱播撒在他们身上。他通过行动带给伤病员的希望和爱,同样通过他的诗歌传遍了整个国家。

惠特曼早期的诗歌比较平淡,文辞上如此,内容上也一样。19世纪40年代末期,他的诗风开始转变,由传统转向新颖,用一种不同寻常的方式来表达平常的事物。1855年,惠特曼自费出版了《草叶集》(*Leaves of Grass*)第一版,其中收录了12首诗。诗集的出版引起了一定的社会反响,特别是得到了美国先验派哲学家爱默生的赞赏。《草叶集》开创了美国诗歌的新时代。在诗集中,惠特曼对诗歌形式进行了大胆的创新,打破了传统的诗歌格律,采用"自由体"创作,使诗歌节奏更加自由奔放。1856年,《草叶集》第二版出版,惠特曼在原有基础上又增加了20首诗。但是,前两版的销量都很一般。1860年,《草叶集》第三版出版,再次增加了很多首诗,主题也越来越多,还包括了男女平等的主题。这一版销量不错,评论大都是正面的赞扬,特别是一些女性评论者,都为诗集中提倡的男女平等的观点叫好。1867年,《草叶集》第四版出版,又收进了惠特曼在内战期间写的8首诗,但这一版的编排和结构不是太理想。1870年,《草叶集》第五版问世。这一版增加了惠特曼战后重建时期写的诗歌。此后,《草叶集》还有重版。一版又一版的发行使惠特曼的影响越来越大,影响力不再局限于美国,受到了包括英国在内很多国家的读者的欢迎。

惠特曼虽然也有其他体裁的作品问世,如《民主远景》(*Democratic Vistas*,1871)和《战时回忆录》(*Memoranda During the War*,1875)等,但最有影响的还是他的诗歌。《草叶集》被翻译成多种文字,涵盖了所有主要的语种。在美国,很多学校、桥梁甚至超市都用他的名字命名,可以说,惠特曼已经成了美国文化一道亮丽的风景,也成了美国文坛一则永久的记忆。

二、惠特曼不同主题的诗歌

Beautiful Women

WOMEN sit，or move to and fro—some old，some young；

The young are beautiful—but the old are more beautiful than the

　　　young.

美　女

女人坐在那，或者走来走去——有些年纪大了，有些还很年轻

年轻的女人很美——但年纪大的比年轻的更美。[①]

【作品赏析】

　　惠特曼的诗歌创作主题丰富，有哲理诗、抒情诗、悼亡诗等等。在他的诗歌中，他的民主主义思想以及男女平等等主张都得到了明确的诠释。惠特曼采用自由体写诗，诗歌形式比较自由奔放，既有言简意赅、意味隽永的短诗，也有雄浑深厚、气势磅礴的长诗。

　　这首诗很短，总共只有两句，有的人甚至认为这根本不像诗歌。但是，这正是惠特曼自由体诗歌的最好体现。是否是诗歌，不取决于诗歌

---

　　① Walt Whitman："Beautiful Women" in *Leaves of Grass and Selected Prose*，ed. Lawrence Buell(New York：Random House，Inc.，1981)，p.219.李美华译。

的长短，也不取决于是否押韵。惠特曼的诗歌本来就采用了一种新颖的方式，不注重节奏和韵脚，注重的是自由的表达。其实，这首诗是一首典型的哲理诗，短短的两句诗表达出一个极为深刻的哲理：一群女人坐在那，来来往往，年轻女人很漂亮，但年纪大的女人比年轻女人更漂亮。乍一看，似乎有点不合逻辑。年轻女人都很漂亮，这也不符合事实。每个女人长相不一样，不可能人人都是美女。下面一句就更不合逻辑了，年纪大的女人怎么可能比年轻女人更漂亮呢？

或许大家听到过这么一句话：年轻本身就是漂亮。为什么呢？人的一生都要经历年轻到年老的过程。年轻的时候，不管外貌如何，每个人都精力旺盛，充满活力，有冲劲，对任何事情充满好奇，很有冒险精神。这些方面，没有哪个年纪大的人能够跟年轻人相比。从年轻到年老，这是每个人必须经历的过程。随着年龄的增长，上面所说的那些方面都会逐渐退化，面容越来越憔悴，容颜越来越苍老，身体在走下坡路，精力也不如年轻的时候；冲劲没有了，好奇心减弱了，冒险精神远去了，求稳心理增强了。从这些角度来说，年轻真的就是一种美，是中老年不可能有的状态。

为什么说年纪大的女人比年轻女人更漂亮呢？这当然不是指容貌。从外表看，年轻女人一定比年纪大的女人更漂亮，但是，年纪大的女人经历更丰富，心智更成熟，处理问题时考虑也会更周全。此外，在待人处事方面，年轻时候的锋芒减弱了，争强好胜的心理也没那么强了。随着年龄的增长，可能也会更宽容，更和善。在这方面，也许可以用一个词来形容年纪大的女人，那就是"知性"。从这个角度来说，确实可以说，年纪大的女人比年轻女人更漂亮。这么一分析，就不会觉得这首诗不符合逻辑了。

A Clear Midnight

THIS is thy hour O Soul，thy free flight into the wordless，

Away from books，away from art，the day erased，the lesson
done，

Thee fully forth emerging，silent，gazing，pondering the themes
thou lovest best.

Night，sleep，death and the stars.

清朗的子夜

这是你心灵的时间，你可自由飞入无语的世界

离开书本，离开艺术，白日逝去了，功课已经完成，

你袒露心迹，默默地，凝视着，思考你最喜欢的主题。

夜，安眠，死亡，还有星星在苍穹间。[①]

【作品赏析】

这是一首抒情诗，意境特别美。题目中 clear 一词，可以用"清朗"
来翻译。一个清朗的夜晚，万籁俱静，夜色深沉，这种时候，是心灵独处
的时刻。人的心，可以进入一个无语的世界。这种时候，不用读书思
考，不用欣赏艺术，白天已经过去，该做的事情也已经做完。在这宁静
的夜晚，没有人来打扰，没有烦心事介入，可以心无旁骛，让心专注于思

---

① Walt Whitman："A Clear Midnight" in *Leaves of Grass and Selected Prose*，
ed. Lawrence Buell(New York：Random House，Inc.，1981)，p.378.李美华译。

考自己最喜欢的主题。在这之后，在星星的陪伴下，进入安静的睡眠，或者说边思考边进入睡眠状态，这种时候，心灵一定是自由的，满足的，且是安宁的。经过了一整日的喧嚣或者劳作，在子夜时分可以进入这种状态，感受这种宁静，不能不说是一种难得的享受。

Out of the Rolling Ocean, the Crowd

OUT of the rolling ocean, the crowd, came a drop gently to me,

Whispering, *I love you, before long I die,*

I have travel'd a long way, merely to look on you to touch you,

For I could not die till I once look'd on you,

For I fear'd I might afterward lose you.

Now we have met, we have look'd, we are safe,

Return in peace to the ocean my love,

I too am part of that ocean my love, we are not so much separated,

Behold the great rondure, the cohesion of all, how perfect!

But as for me, for you, the irresistible sea is to separate us,

As for an hour carrying us diverse, yet cannot carry us diverse for ever;

Be not impatient—a little space—know you I salute the air, the ocean and the land,

Every day at sundown for your dear sake my love.

从滚滚的人海中

从滚滚的人的海中，一滴水温柔地来向我低语：

"我爱你，我不久就要死去；

我曾经旅行了迢遥的长途，只是为的来看你，和你亲近，

因为除非见到了你，我不能死去，

因为我怕以后会失去了你。"

现在我们已经相会了，我们看见了。我们很平安，

我爱，和平地归回到海洋去吧，我爱，我也是海洋

的一部分，我们并非隔得很远，

看哪，伟大的宇宙，万物的联系，何等的完美！

只是为着我，为着你，这不可抗拒的海，分隔了我们，

只是在一小时，使我们分离，但不能使我们永久地分离。

别焦急，——等一会——你知道我向空气，海洋和大地

敬礼，

每天在日落的时候，为着你，我亲爱的缘故。①

【作品赏析】

诗的第一节写道：一滴水从大海中来，走过漫漫长路，就是为了去见自己所爱的人，这是她死前必须做的一件事。这滴水象征着一个爱

---

① 沃尔特·惠特曼：《惠特曼诗歌精选》，楚图南译，长江文艺出版社，2011，第123页。

人，她从大海中来，如果不见所爱之人一面，她便不甘心离开人世。可以想象，这是一种多么令人动容的爱。

在诗的第二节，经过长路迢迢的辛苦，两人终于见面了。这一节，叙述的口吻换成了对方，也就是第一部分中要去见的那个人：现在，我们已然相见，彼此心满意足了，那你就回去吧，回到你来时的大海中去。其实，我们都在这个大海里，我们都是这海域的一部分，所以，就算你回去了，我们也并没有真正分离。大海是生命诞生的地方，万物归于一源，我们都是这万物之一。大海把我们分开了，这是无法抗拒的，但是，它只能短暂地把我们分开，决不能永远把我们分开。所以，你得有耐心，这一点点距离根本不是问题；再说，我们已然见过面，且互相爱慕，为了爱，每天黄昏，我都会向天空、海洋和大地敬礼。这首诗讴歌了真心相爱的恋人之间的爱情。

This Moment，Yearning and Thoughtful

THIS moment yearning and thoughtful，sitting alone，

It seems to me there are other men in other lands，yearning and thoughtful；

It seems to me I can look over and behold them，in Germany，Italy，France，Spain—or far，far away，in China，or in Russia or India—talking other dialects；

And it seems to me if I could know those men，I should become attached to them，as I do to men in my own lands；

O I know we should be brethren and lovers，

I know I should be happy with them.

这一刻,想望和思考

这一刻,独坐,想望和思考,

于我,在其他的土地上,也有其他人在想望和思考;

于我,我可以远眺到他们,在德国,在意大利,在法国,

在西班牙——或者很远很远的中国、俄罗斯或是印度——他们讲着其他方言;

于我,如果我能够认识那些人,我一定会喜欢他们,

就像我喜欢我自己国土上的人一样;

噢,我知道我们一定是兄弟和爱人,

我知道,跟他们在一起,我一定会很快乐。①

【作品赏析】

惠特曼是一个废奴主义者,他反对种族歧视,主张男女平等,希望全世界的人不论种族、不论性别都能受到公平合理、一视同仁的对待。他的这种思想在这首诗中得到了鲜明的体现。这首诗是惠特曼一个人独坐时的冥想,而诗歌的题目和第一句也说明了这一点:想望和思考的这一刻。诗人想到了这个世界上,除了自己之外,还有很多别的人,他们住在别的地方,比如欧洲,像他诗中提到的德国、意大利、法国、西班牙;他甚至想到了更遥远的东方国家,如中国、俄罗斯和印度。在这些国家,人们讲的是自己的语言。但是,惠特曼说自己好像能穿越空间,

---

① Walt Whitman: "This Moment, Yearning and Thoughtful," in *Leaves of Grass and Selected Prose*, ed. Lawrence Buell(New York: Random House, Inc., 1981), P194.李美华译。

看到这些人讲着不一样的语言。虽然听不懂他们的话，但是，他觉得自己是知道他们，理解他们的；更重要的是，他还很喜欢他们。喜欢他们的程度不亚于喜欢自己国家的人。

诗的最后两行是全诗的主题句："噢，我知道我们一定是兄弟和爱人／我知道，跟他们在一起，我一定会很快乐。"这两句话表达了惠特曼的民主思想。惠特曼认为，身体的各个部分没有贵贱之分，同样，在一个民主国家，穷人、卑微的人、富人或是名人，都一样是人，都应该是平等的。而在世界范围内，不论身处哪个国家，属于什么人种，四海之内，都应该是兄弟。惠特曼的思想何其民主，何其友善！但是，我们也应该知道，世界上有两百多个国家和地区，每个国家和地区都有自己的人民，自己的利益。要想让全世界的人都成为兄弟姐妹，大家平等相待，和平共处，谈何容易？所以，惠特曼的想法只能是梦想，要想做到世界大同，人类社会还有很长的路要走。

Oh，Captain，My Captain

O CAPTAIN! my Captain! our fearful trip is done，

The ship has weather'd every rack，the prize we sought is won，

The port is near，the bells I hear，the people all exulting，

While follow eyes the steady keel，the vessel grim and daring：

But O heart! heart! heart!

O the bleeding drops of red，

Where on the deck my Captain lies，

Fallen cold and dead.

O Captain! my Captain! rise up and hear the bells；

Rise up—for you the flag is flung—for you the bugle trills，

For you bouquets and ribbon'd wreaths—for you the shores a-crowding，

For you they call，the swaying mass，their eager faces turning；

Here Captain! dear father!

This arm beneath your head!

It is some dream that on the deck，

You've fallen cold and dead.

My Captain does not answer，his lips are pale and still，

My father does not feel my arm，he has no pulse nor will，

The ship is anchor'd safe and sound，its voyage closed and done，

From fearful trip，the victor ship，comes in with object won；

Exult，O shores，and ring，O bells!

But I，with mournful tread，

Walk the deck my Captain lies，

Fallen cold and dead.

哦, 船长, 我的船长哟!

啊, 船长, 我的船长哟! 我们可怕的航程已经终了。

我们的船渡过了每一个难关, 我们追求的锦标已经得到,

港口就在前面, 我已经听见钟声, 听见了人们的欢呼,

千万只眼睛在望着我们的船, 它坚定、威严而且勇敢;

只是, 啊, 心哟! 心哟! 心哟!

啊，鲜红的血滴，

就在那甲板上，我的船长躺下了，

他已浑身冰凉，停止了呼吸。

啊，船长，我的船长哟！起来听听这钟声，

起来吧，——旌旗正为你招展，——号角为你长鸣，

为你，人们准备了无数的花束和花环，——为你，人群挤满了海岸，

为你，这晃动着的群众在欢呼，转动着他们殷切的面孔；

这里，船长，亲爱的父亲哟！让你的头枕着我的手臂吧！

在甲板上，这真是一场梦——

你已经浑身冰凉，停止了呼吸。

我的船长不回答我的话，他的嘴唇惨白而僵硬，

我的父亲，感觉不到我的手臂，他已经没有脉搏，也没有了生命，

我们的船已经安全地下锚了，它的航程已经终了。

从可怕的旅程归来，这胜利的船，目的已经达到；

啊，欢呼吧，海岸，鸣响吧，钟声！

只是我以悲痛的步履，漫步在甲板上，那里，我的船长躺着，

他已浑身冰凉，停止了呼吸。①

---

① 沃尔特·惠特曼：《惠特曼诗歌精选》，楚图南译，长江文艺出版社，2011，第236-237页。

【作品赏析】

　　惠特曼是一个坚定的废奴主义者,这是他民主思想的另一个体现。美国内战中,支持北方林肯政府的惠特曼还亲自去医院帮忙照顾伤病员。所以,对带领北部联邦进行了艰苦卓绝的四年内战,最后取得胜利,成功废除蓄奴制的林肯总统,惠特曼无疑怀有深厚的崇敬之情。令人痛心的是,内战结束后,蓄奴制虽然被废除了,但林肯总统还来不及享受胜利的果实就被刺身亡。惠特曼以无比沉痛的心情写下了这首对林肯总统的悼亡诗。我们都知道,林肯执政时正是美国南北战争时期。南北战争前,美国南方各州实行蓄奴制。从非洲购买的大量黑奴为种植园主阶层所有,他们没有人身自由,是种植园主的私有财产。想打骂便打骂,想出售便出售。黑人完全不被当人看,只是干活的工具。黑奴逃跑若是被抓回,不是被打得半死,就是干脆被卖掉。黑奴非人的生活终于引起很多人的不满,于是,要求废除蓄奴制的呼声越来越高。但是,南部各州坚决不答应废除蓄奴制,这就引起了长达四年的内战。林肯总统正是代表联邦政府、主张废除蓄奴制的领导人。经过四年的战争,北方战胜了南方,蓄奴制被废除了。然而,不幸的是,林肯遭到了顽固分子的报复。1865 年 4 月 14 日,内战结束后才几天,林肯遇刺身亡。林肯的死引起了美国广大民众的深切悼念。

　　惠特曼的这首诗是一首悼亡诗。在诗的第一节,诗人把美国比喻成一艘大船,而林肯总统便是这艘船的船长。这艘船经历了可怕而艰难的航行,最后终于胜利返航了。码头上,民众聚集在那,欢迎大船的胜利返航。可是,在船的甲板上,躺着船长,他鲜血淋漓,一动不动,再也听不到人们的欢呼声,再也无法接受人们对他的赞美。这里,船就是指美国这个国家,可怕而艰难的航行就是指长达四年的美国内战。林肯作为美国总统,带领北方军队经过四年艰苦卓绝的战争,最后赢得了美国内战的胜利,成功地废除了蓄奴制。但是,内战才刚刚结束,林肯总统便遇刺身亡了。整个美国都在悲痛当中,这艘船自然也就严肃而静穆。

诗的第二节,诗人重点描写了欢迎船长归来时的情景:招展的旗帜,欢迎的号角,还有鲜花和花环,再加上欢迎的人们,所有的这一切都是为了欢迎船长凯旋。人头攒动,人们叫着船长的名字,克制不住内心的激动。但是,船长却已经听不见,看不到了,因为他已经躺在甲板上,离开人世,一动不动了。通过这些描写,更让人感觉失去船长的悲哀。

诗的第三节,重心转移到林肯身上。内战胜利了,船只归港了,但是,船长却嘴唇苍白,不再动弹。他的脉搏停止了跳动,肺部停止了呼吸。战船安然无恙地抵港,航程再艰难,也已经圆满结束,它带着战利品凯旋。岸上,人群欢呼雀跃,号角鸣响,等着欢迎凯旋的船长上岸。可是,船长已经无法感受到这一切了。最后的 mournful 一词,表达的不但是诗人自己的哀悼之情,而且是所有人的哀悼之情。事实上,惠特曼对林肯的崇敬还不止于写了纪念林肯的诗歌。19 世纪 70 年代后期开始,大概有十年之久,惠特曼还做了很多关于林肯的演讲,进一步表达了他对林肯总统的崇敬和怀念。

三、惠特曼的自我之歌

Song of Myself

1

I CELEBRATE myself，and sing myself，

And what I assume you shall assume，

For every atom belonging to me as good belongs to you.

I loafe and invite my soul，

I lean and loafe at my ease observing a spear of summer grass.

My tongue，every atom of my blood，form'd from this soil，this air，

Born here of parents born here from parents the same，and their parents the same，

I，now thirty-seven years old in perfect health begin，

Hoping to cease not till death.

Creeds and schools in abeyance.

Retiring back a while sufficed at what they are，but never forgot-ten，

I harbor for good or bad，I permit to speak at every hazard，

Nature without check with original energy.

自己之歌

1

我赞美我自己,歌唱我自己,

我所讲的一切,将对你们也一样适合,

因为属于我的每一个原子,也同样属于你。

我邀了我的灵魂同我一道闲游,

我俯首下视,悠闲地观察一片夏天的草叶。

我的舌,我的血液中的每个原子,都是由这泥土

这空气构成,

我在这里生长,我的父母在这里生长,他们的父母

也同样在这里生长,

我现在是三十七岁了,身体完全健康,

希望继续不停地唱下去直到死亡。

教条和学派且暂时搁开,

退后一步,满足于现在它们已给我的一切,

但绝不能把它们全遗忘,

不论是善是恶,我将随意之所及,

毫无顾忌,以一种原始的活力述说自然。①

【作品赏析】

惠特曼是美国最早讴歌自我的诗人,他的《自己之歌》是这方面最典型的代表作。惠特曼的很多诗歌都以歌颂自我而闻名,他的"自己之歌"共有 52 首,这是其中的第一首。诗的题目就叫《自己之歌》。诗的第一行开门见山地说:"我赞美我自己,歌唱我自己",而后,由我及人,说你我都要同道,因为你和我一样,都有着具有同样性质的细胞。这样一个生命是积极向上的,是乐观快乐的。所以,他灵肉一体,到处游荡,优哉游哉,不紧不慢,观察夏日大自然中的一叶小草。这里,小草只是一个象征,指大自然。大自然是美好的,而作为大自然孕育的生命——人,置身大自然当中,自然也是身心怡然,美好而快乐的。惠特曼在这里渲染的就是人置身大自然的和谐欢快和美好之情。

诗的第二节讲到了美国的历史。美洲大陆虽然古已有之,但是,美国作为一个独立的国家,历史并不悠久。美国独立之初,依附的文化还是宗主国的文化。以文学为例,早期美国文学都是对欧洲文学,特别是英国文学的模仿。而惠特曼是一个对美国作为独立国家大唱赞歌的人,所以,在这里提到了他是在美国土生土长的生命,接下来几个 parents 说明惠特曼强调美国人在这片国土上已经生存了好几代了,应该形成美国自己的特点,这就是惠特曼特别尊崇的"美国性"。从歌颂自己,再到歌颂美国这个国家,由此可见,惠特曼对自己作为美国人是感到无比骄傲和自豪的。

---

① 沃尔特·惠特曼:《惠特曼诗歌精选》,楚图南译,长江文艺出版社,2011,第 28 页。

再往下，惠特曼说到了信条和学派等，这些无疑是指已经约定俗成的条条框框。惠特曼不主张被传统禁锢，受传统的信条约束，他认为这些东西可以暂时搁置一边，但也不能把它们完全置之脑后。他的观点是不管好坏，都应该包容。而无拘无束的大自然有着内在的原始活力，这是必须颂扬的地方。

艾米莉·狄金森的诗歌

一、狄金森简介

艾米莉·狄金森(Emily Dickinson，1830—1886)出生于美国马萨诸塞州的阿默斯特。父亲是个律师，还担任过阿默斯特学院的财务主管，也担任过州参议员和国会议员。狄金森曾在阿默斯特的小学和中学学习，后来又到一家女子学院接受教育，但因反抗学院的权威而被遣送回家。1850 年开始，狄金森开始秘密写诗。1855 年到 1865 年是狄金森创作的主要时期，她三分之二的诗歌都是这个时期创作的。狄金森一生共写了 1700 多首诗，但只有十几首诗在她生前发表过，其他都是她死后经由她的妹妹和她的侄女整理出版的。狄金森的性格很特别，"25 岁起弃绝社交，闭门不出"①，在父母家里过着隐士般的生活。内战结束后，狄金森更是深居简出，连专程去看她的人，她也很少见，主要通过书信和朋友交往。她还只穿白色的衣服，几乎不去教堂，只是待在家里读书、写诗、忙家务。狄金森于 1886 年去世，随着她的诗集的出版，她成了 19 世纪美国最有创新力的诗人之一，且声誉日渐增长。

狄金森的诗作主题广泛，有爱情诗、哲理诗、自然诗、死亡诗等等，从中可以看出狄金森对爱情、自然和死亡等的观点。从写作手法上说，狄金森的诗歌语言幽默风趣，而且是有别于男性作家的女性幽默感。她还擅长用双关语和反讽手法，"隐秘地对社会文化进行讽刺和批判，

---

① 艾米莉·狄金森:《尘土是唯一的秘密》，徐淳刚译，华东师范大学出版社，2015 年，译序第 1 页。

以引起读者对歧视妇女的社会制度的关注"①。她的诗歌短诗居多,基本上都是一节四行,惯用破折号,用词独特,意象鲜明。还有一个与众不同的地方是,她的诗歌都没有题目。编辑成书出版时,每首诗歌的第一行就成了该诗的题目。

对于何为诗歌,狄金森的定义也与众不同。她曾经给诗歌下过这样的定义:"如果我在阅读时感到浑身冰凉,甚至连火焰也不能使我的身子温暖,我知道,这就是诗歌;如果我在阅读时感到天灵盖被猛然揭开,这就是诗歌。"②可见,对狄金森来说,诗歌是一种能给人带来强烈情感体验的东西。所以,杰伊·帕里尼(Jay Parini)说,她的诗歌"是直击心灵的子弹"③。

二、狄金森的自然诗

"Nature" is What We See

"Nature" is what we see—

The Hill—the Afternoon—

Squirrel—Eclipse—the Bumble bee—

Nay—Nature is Heaven—

---

① 刘守兰:《狄金森研究》,上海外语教育出版社,2006,第 136 页。
② 刘守兰:《狄金森研究》,上海外语教育出版社,2006,第 18 页。
③ 杰伊帕里尼主编:《哥伦比亚美国诗歌史》,外语教学与研究出版社,2005,第 xvi 页。

"Nature" is what We hear—
The Bobolink—the Sea—
Thunder—the Cricket—
Nay—Nature is Harmony—

"Nature" is what We know—
Bet have no Art to say—
So impotent our Wisdom is
To Her Sincerity—

"自然"是我们能看到的

"自然"是我们能看到的——
山峦——午后——
松鼠——日月食——大黄蜂——
还有——自然是天堂——

自然是我们能听到的——
食米鸟——大海——
雷电——蟋蟀——
还有——自然是和声——

自然是我们所知道的——
却没有艺术能言说——
对她的坦白真诚——

我们的智慧无能——①

【作品赏析】

狄金森出生在美国马萨诸塞州的阿默斯特,这是该州西部的一个小镇。这里山峦起伏,植物茂盛,鸟语花香,麦田连绵。不同的季节,大自然便呈现出不同的景色,加上美丽的蓝天,飘逸的白云,这一切给狄金森展现了一幅美丽的自然画卷。大自然自然就成了狄金森生活的一个核心部分。狄金森写了很多自然诗。在她的作品中,大自然的一切皆可入诗,而她的喜怒哀乐、心情点滴也都在她的自然诗中多有体现。

在狄金森所有的诗歌中,自然诗大约有 500 首。她的自然诗大致可分为 4 个部分:热爱自然、崇敬自然、自然的神秘及自然的敌意。一方面,狄金森热爱自然,赞美自然;另一方面,她又把自然敌对和残酷的一面展示给读者。狄金森对自然的态度跟她本人受 19 世纪初先验派哲学的影响是分不开的。因为家庭的影响,狄金森从小接受新英格兰地区根深蒂固的清教徒思想的教育,但先验派哲学思潮的影响让她内心充满了矛盾和冲突,这些在她的自然诗中都有鲜明的体现。

在狄金森的自然诗中,自然是以多种面目出现的:有时是她亲密的朋友,是个可以袒露心迹的可信任之人;有时自然却是真实的存在,是上帝的使者;有时又是神秘莫测的,让她好奇心十足,想象力从而充分发挥;有时大自然又是危险而遥不可及的,是让人们感到敬畏的。狄金森认为,大自然永远不可能被人类完全读懂,它一直蒙着一层神秘的面

---

① Emily Dickinson:"'Nature' is What We See" in *The Poems of Emily Dickinson*, ed. R. W. Franklin (Cambridge: The Belknap Press of Harvard University Press,1999),P321. 李美华译。

第三章 / 艾米莉·狄金森的诗歌 /

纱。这一点和美国先验派哲学家爱默生的观点是不同的。"爱默生认为真正的诗人应该是大自然的读者,应能读懂自然界的细节,能与之无障碍地交流,并从中寻找象征人类特征的喻体。他认为大自然的一草一木都散发美的信息,而诗人则应是美的发现者,万物的命名者和语言的创造者。"①而狄金森则认为并非大自然的一切都能给人类带来精神慰藉。有的时候,"自然界是变化无常、麻木不仁,甚至是残酷的"②。但是,狄金森对自然的热爱却是毋庸置疑的。

在这首诗中,狄金森用短短的三节给大自然下了一个几近完整的定义。首先,大自然是"我们所见",人类是大自然的一部分,生活在大自然当中。我们所见的一切都是自然的一部分,比如一天中的时光,田园山川,还有松鼠等小动物,野峰等飞虫。第一节的最后一句,狄金森还告诉我们,大自然甚至是乐园。这也是狄金森自己的亲身感受。她喜欢大自然,在大自然中能够得到无尽的快乐,所以,对她来说,大自然自然就成了乐园。

不但我们能看到的一切是大自然,而且我们能够听到的一切也都是自然的一部分。大海的涛声、电闪雷鸣等自然现象,还有小鸟虫豸的叫声,这一切似乎形成了"和声",构成了一首自然的交响曲,给人的听觉带来享受。这就是诗第二节的内容。诗中的是食米鸟是一种小鸟,蛩是指蟋蟀。

诗的最后一节,狄金森告诉我们,大自然还是"我们所知",也就是说,我们所知道的一切也都是大自然的一部分。然而,人类的认知是有限的,大自然的未知却是无限的。人类穷尽我们的认知,又能知道

---

① 刘守兰:《狄金森研究》,上海外语教育出版社,2006,第89页。
② 刘守兰:《狄金森研究》,上海外语教育出版社,2006,第91页。

多少大自然的秘密呢？这一点，狄金森也在诗的末尾给我们明确地指了出来。我们的智慧是有限的，而大自然自打存在起就一直保留了它原本的样子，除了被人类改造的部分。所以，我们无法知道大自然的一切。这是一首自然诗，也是一首哲理诗。狄金森不但对大自然下了一个明确的定义，而且说出了大自然的本质和人类认知是有限的这一道理。

As Children Bid the Guest "Good Night"

As Children bid the Guest "Good Night"
And then reluctant turn—
My flowers raise their pretty lips—
Then put their nightgowns on.

As children caper when they wake—
Merry that it is Morn—
My flowers from a hundred cribs
Will peep, and prance again.

像孩子们对客人说"晚安"

像孩子们对客人说"晚安"
然后不情愿地转身而去——
我的花儿翘起可爱的唇——
然后穿起它们的睡衣。

像孩子们醒来就欢跳

快乐地迎接早晨——

我的花儿从小床里起身

偷看，又雀跃欢腾。①

【作品赏析】

狄金森成年以后很少出门，几乎足不出户。所以，对狄金森来说，家里的花园是她经常徜徉出没的地方。她经常把大自然中的东西拟人化，从而把人类的动感赋予相对静态的东西。这首诗就是一首描写鲜花的诗。狄金森把她的花比喻成孩子。孩子们天真烂漫，精力旺盛。无忧无虑的他们总是不知疲倦地玩耍，到了晚上，才恋恋不舍地向客人道别，上床去睡觉。狄金森的鲜花到了晚上，也扬起美丽的嘴唇，披上睡袍，满足地进入梦乡。而到了早晨，这些花朵也像孩子们一样，欢呼雀跃地迎接早晨的到来。也就是说，到了早晨，休息了一夜的鲜花又会生龙活虎地呈现出自然的美丽。狄金森自23岁起便很少外出，终生未嫁。和父母住在一起的狄金森，除了在屋里帮父母操持家务，花园就是她的主要活动场所之一，花园里的鲜花无异于她的朋友，能给她带来快乐，让她的生活更加充实。所以，在狄金森眼里，这些鲜花就跟孩子们一样，调皮可爱，天真快乐。

① 艾米莉·狄金森：《我知道他存在——狄金森诗歌选》，屠岸、章燕译，中央编译出版社，2013，第91页。

Blazing in Gold and Quenching in Purple

Blazing in Gold and quenching in Purple

Leaping like Leopards to the Sky

Then at the feet of the old Horizon

Laying her Spotted Face to die

Stooping as low as the Otter's Window

Touching the Roof and tinting the Barn

Kissing her Bonnet to the Meadow，

And the Juggler of Day is gone

炽热的金光在紫色中熄灭

炽热的金光在紫色中熄灭

如群豹跃向天空

在古老的地平线脚下

垂下斑纹面孔等待死亡

弯腰伏在窗前

抚摩屋顶点染谷仓

让她的软帽亲吻草坪

白日魔术师飘然离去①

---

① 刘守兰：《狄金森研究》，上海外语教育出版社，2006，第 197 页。

【作品赏析】

　　在这首诗中，狄金森描写了一天中的日出和日落。一天伊始，朗日升天，就像雄健的豹群跃向蓝天。金色的太阳高挂空中，依时运行，从东而西，渐渐走到西天边上。此时天色渐晚，太阳马上就要落到地平线下，而在狄金森的想象中，这些豹子也已经"垂下斑纹面孔"等待死亡。这里的"死亡"无非就是消逝。一天结束了，太阳落到地平线下了。但是，在完全落下之前，太阳的余晖洒在窗前，在玻璃上反射出金辉，而谷仓、草地等等也都会被余晖浸染，披上一层柔和的金光。接着，太阳完全落下去了，夜晚也就到来了。夜晚，黑暗是唯一的主旋律，一切笼罩在夜幕当中，什么也看不清楚，不像白天，在太阳的照耀下，一切都显露无遗。所以，狄金森把白日比喻成魔术师。

　　狄金森经常在大自然中徜徉，对她来说，大自然的一切皆可入诗。这也是她之所以能写出 500 多首自然诗的原因。

三、狄金森的哲理诗

You Cannot Make Remembrance Grow

You cannot make Remembrance grow

When it has lost it's Root—

The tightening the Soil around

And setting it upright

Deceives perhaps the Universe—

But not retrieves the Plant—

Real Memory，like Cedar Feet，

Is shod with Adamant—

Nor can you cut Remembrance down

When it shall once have grown—

It's Iron Buds will sprout anew

However overthrown—

Disperse it—slay it—[remaining text unknown]

你无法让记忆生长

你无法让记忆生长

如果它的根系已经死亡。

在它周围用泥土

让它直立向上

也许能骗得了世人的目光

但已然无法让植物继续生长；

真正的记忆，犹如雪松的根系，

扎根深处，稳固如钢。

但如果记忆已经蓬勃生长

你也无法让其死亡

无论怎样胡乱生长

它也总会开出坚硬之花。①

【作品赏析】

狄金森在世时活动范围很小,除了有两次去波士顿看眼疾,其他时候都没有离开阿默斯特小镇。狄金森的诗歌大都在表达她日常生活中的所见所闻,所思所想。在这些思绪中,不乏很多颇有见地的哲理。这是一首关于记忆的诗,讲的是记忆的特点。狄金森把人的记忆比喻成一棵树。树之所以能够枝繁叶茂,靠的是来自树根的养分。一棵树如果没有了根,那就等于没有了生命的源泉,势必枯死。而一棵没有了根的树,就算你把它植在土里,把它周围的土固定好,让它直立向上,使它看上去还像棵树,它依然不能存活。这棵树因为已经没有了根,就再也不可能活下去了。狄金森把记忆比喻成树,如果记忆没有了根,它也就不会再长了。也就是说,事情就会被忘记掉。

但是,在诗的第二部分,也就是从第二节的第三行开始,狄金森说真正的记忆是雪松的根,是非常坚固的。这种有根的树,一旦生长了,你就没法砍掉它。因为只要根还在,到下一个春天,它又会发芽生长。所以,真正的记忆是忘不了的,会永远留在人们的心里。

所以,记忆有两种,一种是真的记忆,是永远不会忘怀的,就像有根的树一样,必将继续生长。而假的记忆就像无根的树一样,最终将枯死,被人们忘在脑后。

① Emily Dickinson:"You Cannot Make Remembrance Grow" in *The Poems of Emily Dickinson*,ed. R. W. Franklin(Cambridge:The Belknap Press of Harvard University Press,1999),P571.李美华译。

美国经典诗歌赏析

I'm Nobody

I'm Nobody! Who are you?

Are you—Nobody—too?

Then there's a pair of us!

Don't tell! they'd advertise—you know!

How dreary—to be—Somebody!

How public—like a Frog—

To tell one's name—the livelong June—

To an admiring Bog!

我是无名之辈!

我是无名之辈! 你是谁?

你——也是——无名之辈吗?

那么咱俩是一对!

别作声! 他们会大肆宣扬——你得知道!

多乏味——成为——大人物!

多张扬——像只青蛙——

炫耀自己的姓名——整个六月——

向着一片赞美它的泥潭!①

---

① 刘守兰:《狄金森研究》,上海外语教育出版社,2006,第 141-142 页。

【作品赏析】

　　狄金森虽然写了很多诗,却似乎只享受写诗的过程,对于它们是否发表,对她自己是否被人们认可和推崇并不在乎,这就是为什么她生前只发表了十几首诗的原因。事实上,狄金森并不看重名利,对于自己是否能成为名人根本就不在乎。这首诗就很好地表达了这一观点。这是一首能给人的生活态度带来启示的诗。

　　诗里的 nobody 指的是无名小卒,或说是凡人,普通人,而对应的 somebody 指的就是名人,出人头地的人。在诗的第一节,狄金森首先表明自己不是 somebody,而是 nobody。这说明狄金森自认为是个普通人。但她问了个问题,"你——也是——无名之辈吗?"如果是,可千万别告诉别人,否则他们会放逐我们的。从这里可以看出,"他们"指的是持不同观点的人,也就是想要做 somebody 的那些人。因为他们认为人人都要出人头地,都要成为名人要人,所以,对不想跟他们为伍的普通人,便要放逐他们。

　　在诗的第二节中,狄金森解释了为什么不愿意做 somebody。因为做名人要人太烦了,太无聊了。这些人是公众人物,根本没什么隐私。为了说明这一点,狄金森用了一个比喻,把名人比喻成夏季沼泽里的青蛙,对着沼泽没完没了地聒噪,以便让别人重视它,羡慕它,赞美它。在狄金森看来,做名人,就像是那青蛙一样,自吹自擂,公开一切,这就是她所说的"太烦"的意思。

Success

Success is counted sweetest

By those who ne'er succeed.

To comprehend a nectar

Requires sorest need.

Not one of all the purple Host

Who took the Flag today

Can tell the definition

So clear of Victory

As he defeated—dying—

On whose forbidden ear

The distant strains of triumph

Burst agonized and clear!

成　功

从未成功的人们

认为成功最甜蜜——

要领略仙酒的滋味

须经最痛楚的寻觅

紫袍华衮的诸公

如今执掌着大旗——

他们谁也说不清

胜利的确切含义——

只有垂死的战败者

失去听觉的耳朵里——

才迸出遥远的凯旋歌

如此痛切而清晰!①

【作品赏析】

这是一首典型的哲理诗。在这首诗中,狄金森为我们阐明了成功的意义和什么样的人对成功有最深刻的认识。诗的第一节,狄金森首先说明,只有那些从来没有成功过的人,才会认为成功是最为甜美的;其实,真正成功过的人都会知道,成功意味着艰苦的努力和极大的付出。如果把获得成功比喻成是品尝玉液琼浆,那么,这种品尝是要付出最艰辛的劳动和代价的。

接下来,狄金森开始对胜利进行评价。诚然,打战胜利也是成功的一种。所以,同理,只有在战场上经历过战争洗礼的人,才最能体会胜利的意义,而别人是达不到这种境界的。她所说的今天"紫袍华衮""执掌着大旗"的人,其实是指从先辈手里世袭职权的人,而不是第一代打江山的人。这些人对胜利的理解肯定不如那些参加过战斗并被打败或者受伤濒临死亡的人。后者奄奄一息,即将离开这个世界。当他们听到胜利的歌声从远处缥缈而来,即使他们已经快离开人世,耳朵也几乎听不见了,但他们对胜利的理解肯定比别人更透彻、更深刻。但是,因为他们马上就要离开人世,再也无法享受胜利的果实,所以,他们又是痛苦的。故此,那凯歌是痛彻心扉的。

---

① 艾米莉·狄金森:《我知道他存在——狄金森诗歌选》,屠岸、章燕译,中央编译出版社,2013,第10页。

Hope Is the Thing with Feathers

"Hope" is the thing with feathers—
That perches in the soul—
And sings the tune without the words—
And never stops—at all—

And sweetest—in the Gale—is heard—
And sore must be the storm—
That could abash the little Bird
That kept so many warm—

I've heard it in the chillest land—
And on the strangest Sea—
Yet—never—in Extremity,
It asked a crumb—of me.

"希望"是个长羽毛的家伙

"希望"是个长羽毛的家伙——
在灵魂上栖息——
它唱着没有歌词的曲子——
从来——都不歇息——

一阵强风——传来最甜美的歌声——

痛楚必定形成暴风雨——

令小鸟儿局促不安

却使众人感到暖意——

在最寒冷的大地上——

在最奇异的大海我听见它唱歌——

可是啊,在绝境中,它也

从未讨要面包屑——向我。①

【作品赏析】

狄金森很擅长从不起眼的东西中看到其富含的哲理。这首诗即是例证。这是一首描写希望的诗。在这首诗中,"希望"被狄金森比喻成长着羽毛的小鸟。这只小鸟栖息在人们的心里。它永不停息地唱着没有歌词的曲调,温暖着人们的心。

在生活中,人们都会遇到各种逆境,这就如同大风和暴雨一样。这些逆境会使人丧失信心,失去希望,就像大风和暴雨会让小鸟陷入险境一样。但是,希望总是能让人鼓起勇气,战胜逆境,重新获得信心。希望似乎还是无处不在的。在最冷的地方,可以听到希望这只小鸟在歌唱;在最陌生的海洋里,同样还能听到它在歌唱。但是,这只小鸟连向我们要点面包屑都没有。可见,它只是一味地付出,从来不要求回报,这真是一种难能可贵的品质。

---

① 艾米莉·狄金森:《我知道他存在——狄金森诗歌选》,屠岸、章燕译,中央编译出版社,2013,第 22 页。

四、狄金森的爱情诗

Wild Nights—Wild Nights

Wild nights—Wild nights!

Were I with thee

Wild nights should be

Our luxury!

Futile—the winds—

To a Heart in port—

Done with the Compass—

Done with the Chart!

Rowing in Eden—

Ah—the sea!

Might I but moor—tonight—

In thee!

暴风雨夜——暴风雨夜！

暴风雨夜——暴风雨夜！

我若与你同在

暴风雨夜便是

我们的奢华！

风儿——无能为力——

对一颗停泊于港湾的心——

无须罗盘——

无须海图！

在伊甸园泛舟

啊，大海！

但愿今夜——我能停泊于——

你的怀中！①

【作品赏析】

　　狄金森一辈子都没有结婚，虽然史料说她曾经心仪某某男士，但是，并没有明确的证据证明狄金森跟那几个男士有恋爱关系。尽管如此，狄金森写的爱情诗却异常感人。这首诗就是她爱情诗的典范，是狄金森爱情诗中的经典名作。

　　这首诗用船只停泊在港湾里来比喻心有所爱，一颗心能够停泊在心的港湾。第一节写暴风雨之夜。在狂风肆虐、暴雨倾盆的夜里，船只如果还在大海上，那自然是很危险的。但是，如果"我"跟"你"在一起，即使是暴风雨之夜，那也将是莫大的享受，是一种奢侈的享受。相爱的

---

　　①　刘守兰：《狄金森研究》，上海外语教育出版社，2006，第236页。

人，只要在一起，哪怕天气再恶劣，境况再危险，那都是享受爱的时刻。只要爱的人在，其他一切都不复存在。第二节继续深化相爱的人在一起这一主题。一颗停泊在心之港湾的心，就像一艘已经归港的船只，是很安全的。狂风再大，也是徒劳无益的。既然已经安全地停泊在港湾，那么，指示方向的罗盘和海图自然就用不上了。最后一节重复了相爱的人在一起幸福甜蜜的主题。只要"我"停泊在"你"心的港湾，那大海就变成了伊甸园。相爱的人在伊甸园里，就像远古时代的亚当和夏娃，无忧无虑、幸福美满地生活在一起。所以，这是一首既浪漫又感人的爱情诗。

The Soul Selects Her Own Society

The Soul selects her own Society—

Then—shuts the Door—

To her divine Majority—

Present no more—

Unmoved—she notes the Chariots—pausing—

At her low Gate—

Unmoved—an Emperor be kneeling

Upon her Mat—

I've known her—from an ample nation—

Choose One—

Then—close the Valves of her attention—

Like Stone—

灵魂选择自己的伴侣

灵魂选择自己的伴侣——

然后——把大门紧闭——

对于她，神圣的多数——

不用再考虑——

无动于衷——她看见马车——停在——

她低矮的门口——

无动于衷——一位皇帝在她的

席垫上跪求——

我了解她——从一个人口众多的国度——

选定了一位——

从此——把她注意力的阀门关闭——

像顽石一块——①

【作品赏析】

不同的读者对这首诗有不同的解读。第一种解读认为，这是一首爱情诗。从爱情的角度来理解，心灵选择了自己的世界，这个世界是指自己的意中人。有了意中人，心门便从此关上了，不再对别人袒露心

---

① 艾米莉·狄金森：《我知道他存在——狄金森诗歌选》，屠岸、章燕译，中央编译出版社，2013，第 217 页。

迹,不再接受别人。这是第一节的意思。心门关上以后,不管谁再来求爱或者求婚,她都是不为所动的,再多的马车停在门前也白搭,甚至是皇帝本人跪在地上求爱或者求婚,那也无济于事。这是第二节的意思。第三节的意思是说,我对自己的心再清楚不过了,她在这国家的芸芸众生中选择了自己中意的人后,再也不会对别人看上一眼,非常坚决,就像石头一样岿然不动,一点也不犹豫。

第二种解读认为,这是一首哲理诗。这种解读认为,狄金森把写诗比喻成诗里所说的 society。因为喜欢写诗,她决定把自己的毕生都献给写作事业。尽管也可以有别的选择,但不管多么诱人,她也不为所动。

第三种解读认为,这里所说的 society 是指狄金森选择终身不嫁,像隐士一样过单身的日子。所以,第三节中说的"选定了一位"是指选择了一种生活状态。狄金森自 23 岁以后便不怎么跟别人来往,也不怎么去教堂。她待在父母的房子里,除了帮母亲料理家务,其余的时间便用来读书、写诗,连别人上门来拜访,她也不一定见。而狄金森确实做到了终身不嫁,一生共写了 1700 多首诗,这在美国文学史上是极其辉煌的成就。所以,这么解释也是说得通的。

五、狄金森的死亡诗

After a Hundred Years

After a hundred years

Nobody knows the Place

Agony that enacted there

Motionless as Peace

Weeds triumphant ranged

Strangers strolled and spelled

At the lone Orthography

Of the Elder Dead

Winds of Summer Fields

Recollect the way—

Instinct picking up the Key

Dropped by memory—

一百年之后

一百年之后

没人知道这地方

曾经上演的痛苦

宁静而安详

欢快的杂草蔓生

陌生人来此游历

拼读着死者的墓碑上

孤寂的字体

夏季田野的风

回想起那条路径——

本能地拾起记忆

丢下的钥匙——①

【作品赏析】

19 世纪中期,美国的孩童死亡率相对还比较高。据说有些父母会给几个孩子起同样的名字,为的是至少有一个可以活到成年。狄金森一生中,经历了父亲、侄儿、哥哥和母亲的相继离世。亲人的去世不能不让狄金森对死亡有所思考,她写了不少关于死亡的诗歌,统称为她的死亡诗。在这些诗歌中,狄金森表达了自己对死亡的看法,即她的死亡观。

这首诗即是狄金森对死亡的一种看法。时间一直在流逝,永不停息,不以人的意志为转移。但是,人的生命是短暂的,没有多少人能活到一百岁。一百年过后,物是人非,一切都将成为过去。狄金森的这首诗正是表达了这种观点。

诗的第一节说,一百年以后,这里将成为无人知晓的地方。过去,在这里曾经上演过痛苦、悲哀的故事,但是现在,过了一百年,一切都已经无影无踪,寂然无声。那么,这里是什么地方呢?

诗的第二节终于点明了这是什么地方。在这里,有死者和孤零零的文字,其实就是指墓地和墓碑上的文字。但是,一百年已经过去,因为鲜有人涉足,这个地方,现在是野草丛生,野草得意洋洋,肆意蔓延,

① 艾米莉·狄金森:《我知道他存在——狄金森诗歌选》,屠岸、章燕译,中央编译出版社,2013,第 333 页。

成了这里的主人。只不过偶尔会有陌生人在这里游荡，驻足看看墓碑上死者的碑文。

诗的第三节是个难点：跟前面两节描写的景物相比，这一节显得有点突兀。或许诗人意思是说，已经过去了一百年，人故去了，不能永生，但是，大自然的风却还在，一如既往地吹拂。人已不在，风吹依然。或许这些风还记得在这里发生过的事，即第一节所说的痛苦和悲哀。

人的生命是短暂的，只有大自然是永恒的。其实，我们现在知道，这种永恒是相对的。相对于只能活不到一百年的人来说，大自然是永恒的；但是，相对于宇宙来说，地球不是永恒的。不过，对于狄金森那个时代的人来说，自然可以称得上是永恒的了。

Because I Could Not Stop for Death

Because I could not stop for Death—

He kindly stopped for me—

The Carriage held but just Ourselves—

And Immortality.

We slowly drove— He knew no haste

And I had put away

My labour and my leisure too，

For His Civility—

We passed the School，where children strove

At Recess—in the Ring—

We passed the Fields of Gazing Grain—

We passed the Setting Sun—

Or rather— He passed Us—

The Dews drew quivering and Chill—

For only Gossamer，my Gown—

My Tippet—only Tulle—

We paused before a House that seemed

A Swelling of the Ground—

The Roof was scarcely visible—

The Cornice—in the Ground—

Since then—'tis Centuries—and yet

Feels shorter than the Day

I first surmised the Horses' heads

Were toward Eternity—

因为我不能停下来等待死亡

因为我不能停下来等待死亡——

于是他温和地停下等我前行——

马车只载着我们两个——

还有不朽的永生。

我们缓缓驱车——他知道不能性急

我收起了活计

又把闲暇放在一旁，

全因为他彬彬有礼——

我们走过学校,孩子们下课了

围成圈——大闹玩乐——

我们走过田野,庄稼林立瞩目——

我们走过夕阳,它正在沉落——

或不如说——夕阳从我们身旁路过——

露水打着寒颤,凉飕飕——

我穿着长袍,纤细如丝——

我的披肩,薄纱般轻柔——

我们在一座房屋前驻足

它仿佛从地面隆起——

几乎见不到屋顶——

门楣——埋在土里——

从此——过去了几个世纪——

却感觉比一天还短——

我最初猜测马头的方向

正面对着永恒奔向前——①

【作品赏析】

在这首诗中,诗中的"我"跟死神一起坐着马车前行。死神在"我"眼里是个善良而有礼貌的人。因为"我不能停下来等待死亡",他反倒"温和地停下等我前行"。两人坐着马车朝永恒的世界而去。马车慢悠悠地前行,死神不着急,没有催促"我",显得非常有礼貌,所以,"我"便放下了所有的劳作、所有的愉快,坐上死神的马车,跟他一起向永恒驶去。这一路上,马车经过了学校,正是课间,孩子们围成一圈在玩耍。"我们"还经过了田野,田里的谷物正盯着"我们"看。接着,到了黄昏,"我们"经过了正在徐徐下落的夕阳,或者说,是正在落下的夕阳经过了"我们"身边。这是诗前面三节的内容。接下来,夜幕降临了,天气也凉下来了,夜越来越深,连露水也出来了。因为身上的衣衫单薄,"我"感觉到了些许凉意。

经过一天一夜的行程,我们终于到达了目的地。马车在一座房子前停了下来,但这房子有点奇怪,只是地上隆起的一堆土,屋顶看不太清楚,屋檐却在土里。读到这里,我们已经很明白这房子不是普通的房子,而是指坟墓。诗的最后一节,诗人说从来到目的地起,已经过去了好几个世纪,可感觉还不如一天那么长。这时候,诗人才第一次意识到,马车的车头是朝着永恒的,也就是说,死亡的过程就是跟着死神坐着马车朝永恒驶去。看来,在死亡问题上,狄金森也相信灵魂不灭之说。

---

① 艾米莉·狄金森:《我知道他存在——狄金森诗歌选》,屠岸、章燕译,中央编译出版社,2013,第314-315页。

六、狄金森的其他诗歌

If I Can Stop One Heart from Breaking

If I can stop one Heart from breaking

I shall not live in vain

If I can ease one Life the Aching

Or Cool one Pain

Or help one fainting Robin

Unto his Nest again

I shall not live in vain.

如果我能使心灵免于破碎

如果我能使心灵免于破碎

我便没有虚度此生

如果我能抚平生活的伤痛

或者让痛苦降温

或救助一只昏厥的知更鸟

让它回到巢中

我便没有虚度此生。①

【作品赏析】

狄金森一生写了1700多首诗,主题多种多样,表达了狄金森想要表达的不同观点。狄金森还有一些诗歌表达了她的心声,这首只有七行的短诗便是这样的诗歌之一。

这首诗语言很简单,蕴含的却是狄金森善良的心意。诗人用虚拟的语气表达了自己希望帮助别人的愿望。诗人说:"如果我能使心灵免于破碎/我便没有虚度此生",也就是说,那"我"活着便不是白活了。接下来,狄金森又列举了几种情况,继续表达她希望帮助别人的愿望,这包括"抚平生活的伤痛"、"让痛苦降温"或"救助一只昏厥的知更鸟"。可见,狄金森想让自己的善良不但惠及人,而且惠及动物。同时,诗人似乎也认为自己太过弱小,貌似没有能力做这些善事,这才发出感慨,觉得如若自己能够实现这些愿望,那也就不算白活了。

由此可见,狄金森有一颗善良的心,她希望自己能够帮助别人,能够对别人有用。只有这样,自己的生命才会更加有意义,不会只是来这个世界白白走了一遭。

I Had No Time to Hate

I had no time to Hate—

Because

① 艾米莉·狄金森:《我知道他存在——狄金森诗歌选》,屠岸、章燕译,中央编译出版社,2013,第58页。

The Grave would hinder me—

And Life was not so

Ample I

Could finish—Enmity—

Nor had I time to love—

But since

Some Industry must be—

The little Toil of Love—

I thought—

Be large enough for Me—

我没有时间去恨

我没有时间去恨，

因为，坟墓会阻止我——

生命

并不充裕

让我结束——敌意——

我没有时间去爱——

但既然，

必须作出努力——

付出一点爱的辛劳，

我想，

对我已经足够——①

【作品赏析】

在这首诗中,狄金森表明了自己对爱和恨的态度。爱与恨是人类情感的两个极端。人有七情六欲,势必就会有爱和恨的体验。但是,在狄金森的诗里,她坦言,由于人的生命是有限的,每个人在这世上都只能活几十年,而在这生命过程中,有很多事情可以做,把时间用来恨别人,这是一种浪费,还不如结束敌意,也就是不要去恨。

对于爱来说,也是如此。生命有限,如果没有时间去恨,同样也可能没有足够的时间去爱。但是,爱是人类美好的情感,也是能予人以幸福的东西,所以,必须努力去爱。狄金森坦言,自己是个普通人,所以,只要自己付出了努力,已经有了爱的付出,那就够了。因为毕竟自己的力量有限,如果一味地夸海口,说自己有多博爱,那也是不现实的。

狄金森是个有思想、有主见的女诗人。对于很多事情,她有自己的思考,有自己的选择,继而在诗歌中坦言自己的思想。这是狄金森难能可贵的地方。

---

① 艾米莉·狄金森:《我知道他存在——狄金森诗歌选》,屠岸、章燕译,中央编译出版社,2013,第 40 页。

4

埃德温·阿灵顿·罗宾逊的诗歌

一、罗宾逊简介

埃德温·阿灵顿·罗宾逊（Edwin Arlington Robinson，1869—1935）出生于 1869 年，是美国 20 世纪最伟大的诗人之一，也是美国诗歌从 19 世纪浪漫主义向 20 世纪现实主义转折时期的代表性诗人，曾经三次获得美国普利策诗歌奖并四次获得诺贝尔文学奖提名。1935年，罗宾逊去世，美国从此失去了一位伟大的诗人。

罗宾逊个人及其家庭生活对他的诗歌创作影响很大。罗宾逊出生的时候，前面已经有了两个哥哥，父母亲很想要一个女孩，所以，罗宾逊出生后，他的父母很失望，直到他六个月大了，还没给他取名字。当父母带着他去一个度假胜地度假时，其他客人知道他还没有名字，就建议给他取个名字。于是，他们随便写了几个名字，放在一顶帽子里，由一个陌生人从中抽取一个，这个名字就是埃德温，而这个陌生人是从马萨诸塞州的阿灵顿来的，阿灵顿也就成了中间名。因为不受父母重视，罗宾逊的童年并不快乐，也不喜欢自己的名字，常常用首字母缩写来代替自己的名字。

1891 年，罗宾逊进入哈佛大学读书，两年后因父亲病故不得不辍学。父亲去世后，大哥赫尔曼子承父业。遗憾的是，赫尔曼不谙经商之道，生意失败，后来酗酒成性，最后潦倒身亡。二哥迪恩原是个医生，但因为吸食鸦片上瘾，导致神经痛。后来，罗宾逊的母亲又因患"白喉"去世。接连的不幸让罗宾逊备尝生活的艰辛，对社会和生活有了更加深刻的了解，这一切都在他的诗歌创作中有所体现。

罗宾逊从小喜爱写诗,虽然生活中接连遭遇不幸,但他一直没有停止诗歌创作。因为自己经济困难,他的头两部诗集都是在朋友的帮助下出版的,这就是 1896 年出版的《湍流和前夜》(*The Torrent and the Night Before*,1896)和 1897 年出版的《黑夜的孩子们》(*The Children of the Night*,1897)。1905 年,总统罗斯福的儿子克米特在学校读到罗宾逊的诗集《黑夜的孩子们》,回家让自己的父亲也读一读。罗斯福很喜欢这本诗集,于是,他给罗宾逊在纽约海关安排了一个闲差。每天,罗宾逊只要到纽约海关去点个卯,报个到即可,要他做的工作并不多,工资却照领不误。1909 年,罗斯福总统去世,海关要求他正常上下班,还要穿制服,罗宾逊无法忍受,离开了海关。

后来,罗宾逊得到匿名资助,自此专门写诗改诗,不时便有诗集问世。他的其他诗集还有《克雷格船长及其他诗歌》(*Captain Craig and Other Poems*,1902)、《河下游之城》(*The Town Down the River*,1910)、《对着苍穹的人》(*The Man Against the Sky*,1916)等。1922 年,罗宾逊凭借《诗合集》(*Collected Poems*,1921)首次夺得普利策诗歌奖。1925 年,他的长诗《死过两次的人》(*The Man Who Died Twice*,1924)再次获得普利策诗歌奖。1928 年,以亚瑟王传说为题材的长诗《特雷斯特拉姆》(*Tristram*,1927)为罗宾逊带来了第三次普利策诗歌奖。三次获此殊荣充分证明了罗宾逊作为美国重要诗人的文学地位。

罗宾逊把自己的一生献给诗歌事业。和罗宾逊同时代的诗人都在写自由体诗歌,但罗宾逊的诗歌形式却大多是传统的押韵诗。在内容上,罗宾逊写了很多关于人类经历的诗歌,是对人类经历的一种评价。他的关注点和兴趣点是那些在工作、生活、爱情中失败的人,所以,失败、孤独、无助等成了他诗歌的主题。而这一切都跟他个人的经历是分不开的。虽然罗宾逊的诗歌很多是关于失败的,但他的诗歌里有种通过失败表达出来的成功意味,也有人说那是一种乐观的绝望情绪。总体上说,他的诗歌还是肯定生活的。

二、罗宾逊引发思考的人物诗

Richard Cory

Whenever Richard Cory went down town,

 We people on the pavement looked at him:

He was a gentleman from sole to crown,

 Clean favored, and imperially slim.

And he was always quietly arrayed,

 And he was always human when he talked;

But still he fluttered pulses when he said,

 "Good morning," and he glittered when he walked.

And he was rich—yes richer than a king,

 And admirably schooled in every grace:

In fine, we thought that he was everything

 To make us wish we were in his place.

So on we worked，and waited for the light，

    And went without the meat，and cursed the bread；

And Richard Cory，one calm summer night，

    Went home and put a bullet through his head.

理查·珂利

每当理查·珂利走进闹市，
我们，街上的人，两眼瞪圆：
他从头到脚是地道的绅士，
潇洒纤瘦，风度翩翩。

他衣着永远淡雅素净，
他谈吐永远文质彬彬，
当他向人问好，人们不禁
怦然心动，他走路光彩照人。

他有钱——是呵，富比王侯——
令人钦佩地读遍各种学问，
总而言之，他是无所不有，
谁都盼望能有他的福分。

我们苦干，等着福光降瑞，
整月没肉吃，面包讨人嫌，
而理查·珂利，在宁静的夏夜，

回家朝自己脑袋放一颗子弹。①

【作品赏析】

　　罗宾逊很擅长描写人物。他的很多诗歌都以人物的名字为题,叙述这个人物的故事。诗歌内容虽然并不复杂,但呈现的内涵却很丰富。《理查·珂利》就是这样的一首诗。它讲述了一个绅士的故事,他富有、彬彬有礼、身份尊贵、举止文雅,为镇里所有的人所称道。然而,一天晚上,他居然开枪自杀了。那他到底为什么自杀呢?诗歌的前面三节都在写理查·珂利是个怎么样的人。他经常去镇里,说明他经常在镇里活动。但我们不知道他是从事什么工作的,只知道他很有钱,很有礼貌。从他的外表来看,他穿着得体,干净整洁,体面尊贵,从头到脚都是一个绅士。除此以外,他还很有礼貌,待人和气,就像星星一样闪闪发亮,吸引了普通人的目光。这么一个富有而彬彬有礼的人自然是大家都羡慕而尊重的,所以,大家都希望自己是他。

　　然而,在诗的最后一节,诗人告诉我们,这么一个大家都羡慕的人突然间就自杀了,令所有人大感意外。虽然罗宾逊并未告诉我们他自杀的原因,但是,正是这点能引起读者丰富的联想。都说好诗歌是能引起人们思考的诗歌。从这点上来说,这首诗无疑是一首好诗。珂利可能破产了,也可能太寂寞,甚至可能是抑郁症,读者不得而知,但是,生活是复杂的,一个人自杀身亡,说明他在生活中碰到了过不去的坎,除了离开人世,没有更好的解脱方式了。有人认为,这个人物是有原型的,他的原型就是罗宾逊的大哥赫尔曼。赫尔曼因为生意失败,最后酗

---

　　① 赵毅衡编译:《美国现代诗选》(上),外国文学出版社,1985,第6页。

酒,而后自杀身亡。这么联系也不是没有道理。

那么,这首诗是不是太过悲观了呢?有人提出了不同的看法。在诗歌的最后一节,除了描写珂利自杀的最后两句诗,前面的两句诗是:"我们苦干,等着福光降瑞,/整月没肉吃,面包讨人嫌",这里让人感受到了一种不畏困难继续生活的乐观情绪。所以,诗中反映了两种不同的生活态度。有的人富有,但并不幸福,甚至结束了自己的生命。而另一种人贫穷,日子不好过,却还在努力地活着。罗宾逊"客观的绝望"在此得到了充分的体现。

Reuben Bright

Because he was a butcher and thereby

Did earn an honest living (and did right),

I would not have you think that Reuben Bright

Was any more a brute than you or I;

For when they told him that his wife must die,

He stared at them, and shook with grief and fright,

And cried like a great baby half that night,

And made the women cry to see him cry.

And after she was dead, and he had paid

The singers and the sexton and the rest,

He packed a lot of things that she had made

Most mournfully away in an old chest

Of hers, and put some chopped-up cedar boughs

In with them，and tore down the slaughterhouse.

罗奔·布莱特

他以宰杀牲畜为生

这是他的正当职业

所以你们不要以为罗奔·布莱特

比你我更加残忍；

因为当别人告诉他他的妻子就要死去，

他盯着他们悲伤恐惧得浑身发抖，

大半夜像个孩子似的大哭，

惹得女人们也和他一起哭泣。

她去世以后，他付清了

教堂司事和唱诗班，

他把她的生前之物

悲伤地放入一只她使用过的

旧箱子里，还加进入一些砍下的松枝，

然后拆毁了自己的屠宰屋。①

【作品赏析】

这首诗写了一个普通人的故事。罗奔·布莱特是个屠夫，属于劳动阶层。然而，诗人告诉我们，屠夫只是他的职业，跟他的心性没有关

———————

① 朱刚：《新编美国文学史》（第二卷），上海外语教育出版社，2002，第 237 页。

美国经典诗歌赏析

系,他并不因为是个屠夫就成了一个残忍可恶之人。接下来的故事写的是布莱特遭遇了丧妻之痛之后的表现。可以想象,他的妻子应该是得了重病,所以不久于人世。听到这个消息,布莱特震惊之余便是悲伤,哭得像个孩子一般。他的悲伤感染了旁人,特别是女性,大家都跟着他一起落泪。然而,悲伤也救不回得病的妻子,妻子终于还是离他而去。他请唱诗班和教堂司事主持了妻子的葬礼,最后把妻子生前的东西放进一个箱子,然后拆毁了屠场。

从这首诗中,我们清楚地看到了一个普通人对妻子深沉的爱。本来两人相亲相爱,相依为命,可妻子早逝,弃他而去,留他一个人在这世上痛苦悲伤。但是,斯人已逝,活着的人还要继续活下去。从这个角度来说,布莱特也是勇敢的:他能够面对现实,冷静地处理妻子的后事。但是,留在原来的地方继续过屠夫的日子,布莱特还是无法面对,也许他怕触景生情。所以他最终收拾了妻子的遗物,拆毁了屠场。可以预见,一种可能是,布莱特决定告别屠夫生涯,以别的方式谋生。也许他觉得当屠夫屠宰牲口,杀生太多,因此才导致他的妻子早逝。还有一种可能是,他打算彻底离开这个地方,到别的地方去谋求生计。

这是一个普通人的故事,但故事颇为触动人心。一个人的死去并不只是他个体的消亡,它还会给活着的人带来很大的影响。而活着的人该如何面对死者的死亡,又该如何继续生存下去,这些都是这首诗带给读者思考的问题。

三、罗宾逊逃避现实的人物诗

Miniver Cheevy

Miniver Cheevy，child of scorn，

    Grew lean when he assailed the seasons；

He wept that he was ever born，

    And he had reasons.

Miniver loved the days of old

    When swords were bright and steeds were prancing；

The vision of a warrior bold

    Would set him dancing.

Miniver sighed for what was not，

    And dreamed，and rested from his labors；

He dreamed of Thebes and Camelot，

    And Priam's neighbors.

Miniver mourned the ripe renown

    That made so many a name so fragrant：

He mourned Romance，now on the town，

    And Art，a vagrant.

Miniver loved the Medici,

　　Albeit he had never seen one;

He would have sinned incessantly

　　Could he have been one.

Miniver cursed the commonplace

　　And eyed a khaki suit with loathing;

He missed the medieval grace

　　Of iron clothing.

Miniver scorned the gold he sought,

　　But sore annoyed was he without it;

Miniver thought，and thought，and thought，

　　And thought about it.

Miniver Cheevy，born too late，

　　Scratched his head and kept on thinking：

Miniver coughed，and called it fate，

And kept on drinking.

米尼弗·契维

米尼弗·契维,傲世的青年,

日瘦一日,因为他愤世嫉俗,

他痛哭,为什么降生人间,

他理由十足。

米尼弗爱的是上古旧世，
那时有骏骥奔腾，剑光闪耀，
他一想到武士的纠纠雄姿
就手舞足蹈。

米尼弗叹息的是盛世难逢，
一日劳作之余，颠倒梦魂，
他梦到梯比斯城，卡美洛宫，
普里安的邻人。

米尼弗感慨故人声望显隆，
使那么多名字百世遗芳，
而如今罗曼斯乞讨为生，
艺术颠沛流浪。

米尼弗倾心的是美第齐家族，
显然他从来没见过一人。
要是他成了一个美第齐，
定会作恶无穷。

米尼弗诅咒芸芸众生，
瞅着军装他心里难受

他向往中世纪的铁衣甲胄，

多潇洒风流。

米尼弗瞧不起他追求的金子，

没金子又叫他耿耿于怀，

米尼弗冥思苦索，苦索冥思，

成天想不开。

米尼弗·契维，生不逢时，

整日价搔脑袋想个不休。

他咳嗽，却自认命该如此，

只好借酒浇愁。①

【作品赏析】

这首诗描述的人物是一个与现代社会格格不入的人——米尼弗·契维。诗人在诗的一开头，就告诉我们契维是个傲世之人，也就是说，他蔑视任何人、任何事，连对季节都感到不满，都要对之加以攻击。而另一方面，契维为自己出生在现代社会而非他喜欢的古代而伤心哭泣。究其原因，就是因为他喜欢的是古代，喜欢挥舞战剑、戎马倥偬的日子。这就是诗的第二节所说的，他喜欢武士，如果能见到一个真正勇敢的武士，他一定会高兴得手舞足蹈。遗憾的是，他出生在现代社会。在现代社会，打战不再靠人的蛮力和刀剑战马，靠的是枪支和大炮，还有飞机、

---

① 赵毅衡编译：《外国现代诗选》（上），外国文学出版社，1985，第8页。

坦克和军舰，甚至是核武器。故此，契维只能梦想回到过去。确实，他经常想到的是过去的城池，比如底比斯（译文中为"梯比斯城"）①，也就是古希腊的著名城邦；他还梦到卡默洛特（译文中为"卡美洛宫"），即英国亚瑟王的王宫所在地；还有普里阿摩斯（译文中为"普里安"），也就是古希腊的王国特洛伊的末代国君；还梦到意大利文艺复兴时期著名的美地奇（译文中为"美第齐"）家族。这些地方和人有一个共同的特点，那就是他们都是已经逝去的历史，是属于古代的地方和人物。

遗憾的是，契维出生在现代社会，而不是古代社会。他所喜欢的一切都不会再出现。在中世纪，人们打仗穿的是铁制铠甲，可是现在，那些东西都已成了古董，只有在博物馆里才能见到。现代社会，卡其布已经出现，人们穿着卡其布做的衣服。为此，契维对卡其布万分厌恶，万分瞧不起。对于金钱，契维也嗤之以鼻，颇有点视金钱如粪土的清高。可是，没有金钱他并不引以为豪，而是耿耿于怀。可见，在对待金钱的问题上，他也是自相矛盾的。

生不逢时又对没钱耿耿于怀的契维自然做不到豁达开朗，于是，他"冥思苦索，苦索冥思／成天想不开。"但他又改变不了自己的命运，最终只得认命。于是，他借酒浇愁。其实，喝酒是解决不了问题的，但像他这种状态，除了喝酒，也没有别的办法了。

这首诗给我们的启示有两点：第一，时间在流逝，世界在变化，世间万事万物只能随着时间的流逝而变化。时间不可能倒流，变化也不可能避免，不管对过去的生活和生活方式有多喜欢，过去都是不可复制的。所以，必须与时俱进，接受现实，面对现实。第二，如果生活不是自

---

① 这里提到的几个古代的地名和人名，赵毅衡译文中的跟我们现在通常采用的有出入，我们还是用现在的说法。

己所喜欢的状态,一味执着于自己的想法,成天怨天尤人也是没有用的。逃避现实,借酒浇愁同样于事无补。正确的生活态度应该是面对现实,积极生活,而不是沉溺于幻想,借酒浇愁。

四、罗宾逊老年主题的人物诗

Mr. Flood's Party

Old Eben Flood, climbing alone one night

Over the hill between the town below

And the forsaken upland hermitage

That held as much as he should ever know

On earth again of home, paused warily.

The road was his with not a native near;

And Eben, having leisure, said aloud,

For no man else in Tilbury Town to hear:

"Well, Mr. Flood, we have the harvest moon

Again, and we may not have many more;

The bird is on the wing, the poet says,

And you and I have said it here before.

Drink to the bird." He raised up to the light

The jug that he had gone so far to fill,

And answered huskily: "Well, Mr. Flood,

Since you propose it, I believe I will."

Alone, as if enduring to the end
A valiant armor of scarred hopes outworn,
He stood there in the middle of the road
Like Roland's ghost winding a silent horn.
Below him, in the town among the trees,
Where friends of other days had honored him,
A phantom salutation of the dead
Rang thinly till old Eben's eyes were dim.

Then, as a mother lays her sleeping child
Down tenderly, fearing it may awake,
He sat the jug down slowly at his feet
With trembling care, knowing that most things break;
And only when assured that on firm earth
It stood, as the uncertain lives of men
Assuredly did not, he paced away,
And with his hand extended paused again:

"Well, Mr. Flood, we have not met like this
In a long time; and many a change has come
To both of us, I fear, since last it was
We had a drop together. Welcome home!"

Convivially returning with himself,

Again he raised the jug up to the light;

And with an acquiescent quaver said:

"Well, Mr. Flood, if you insist, I might.

"Only a very little, Mr. Flood—

For auld lang syne. No more, sir; that will do."

So, for the time, apparently it did,

And Eben evidently thought so too;

For soon amid the silver loneliness

Of night he lifted up his voice and sang,

Secure, with only two moons listening,

Until the whole harmonious landscape rang—

"For auld lang syne." The weary throat gave out,

The last word wavered; and the song being done.

He raised again the jug regretfully,

And shook his head, and was again alone.

There was not much that was ahead of him,

And there was nothing in the town below—

Where strangers would have shut the many doors

That many friends had opened long ago.

弗勒德先生的晚会

一天夜晚

年老的埃本·弗勒德独自爬上小山

小镇在山下

废弃的修道院则在山上

而这已然成了他在这世上

唯一的家

半路上，他小心翼翼地停下。

路上空空荡荡

没有一个乡邻；

埃本有了闲暇，大声说话，

听众只有他自己

蒂尔伯里镇，再无一人在身旁。

"哦，弗勒德先生，今天是秋分后第一个满月，

我们能赏月的机会已经不会太多；

鸟儿在飞翔，诗人如是说，

你和我也曾经在这里说过。

"为鸟儿干杯。"他对着月光举起酒罐，

就为了把酒罐灌满，他大老远跑下山。

"哦，弗勒德先生，"他又嘶哑着声音回答：

"既然你提议，必须遵命，我想。"

独自忍受一切,直至生命终点

英勇的盔甲伤痕累累,希望渐渐离散

他站在路中间

宛如罗兰的英魂把无声的号角吹响。

山下,镇子掩映在绿树丛中,

这里曾经有昔日敬重他的朋友。

离世朋友的魂灵似乎在向他致意

老埃本的泪水渐渐模糊了眼睛。

接着,就像母亲为了不把孩子弄醒

而小心翼翼地把熟睡的孩子放下

他双手微颤

把酒罐轻轻放在脚下,

知道大多数的东西都易破碎;

酒罐已稳稳立在地上,

人们的命运却总是无常,

确知如此

他慢慢踱步,走到一旁。

伸出手,再次停下:

"哦,弗勒德先生,我们已经很久

没有像这样会面;

自上次像这样喝酒,

我们俩都已发生了很大变化

欢迎回家！"

他又欢快地走回原地，

再次举起酒罐，对着月光，

显而易见，周身发颤，

"哦，弗勒德先生，

如果你坚持，那我就喝吧！"

"只能喝一点点了，弗勒德先生——

为了友谊。不能再喝了，先生；这就够了。"

这一刻，确实如此

埃本显然也有同感；

很快，就着孤独的夜晚

沐浴着银色的月光

他提高声调，开始歌唱，

听众只有两个月亮

他放心地唱

直到周边和谐地发出回响——

"为了旧日时光。"疲乏的喉咙终于停止歌唱，

最后的词语还在回荡，歌也终于唱完。

他再次遗憾地举起酒罐，

摇了摇头，再次陷入孤独感。

他的来日所剩不多，

山下的镇里也一无所有——

很久以前，很多朋友都对他开门欢迎，

如今的陌生人却对他把门关上。①

【作品赏析】

孤独是文学永恒的主题之一。生而为人，在人生不同阶段，时不时就会与孤独为伴。在不同的人生阶段中，老年人的孤独是最突出的。因为人老以后，身体机能减退，成了弱势群体，成了受照顾的对象，而社会还在不断地发展、前进；老了，即使想跟上时代的步伐，想跟年轻人保持一致，也还是会心有余而力不足。再加上年纪大了，老朋友，甚至一起生活了一辈子的配偶可能已经离世，这种情况下，老年人的孤独感就比任何时候都更强了。

罗宾逊的诗歌中，有不少都是跟 Tilbury Town 有关的，这首诗就是其中之一，而且是罗宾逊的名篇。诗的主题是孤独，讲述了一个孤独的老人所承受的孤寂和落寞。主人公的名字叫弗勒德。从英文角度来说，诗第一节的前五行其实是一个句子，主语是 Old Eben Flood，谓语就是 paused，其他部分都是修饰主谓语的。但是，翻译过来，就没法只翻译成一个句子了。这也就是我们说的诗歌翻译中的缺失，也就是说，目的语中的语言形式已经跟原文不太一样了，失去了某些东西。

从诗里我们可以得知，弗勒德先生孤身一人，住在山上已经废弃的修道院里。这天晚上，他到山下的镇子里去打酒，在回修道院的路上，他独自饮酒，自言自语，却要假装他在开晚会，假装跟他在一起的还有他的

---

① Edwin Arlington Robinson，"Mr. Flood's Party"in *The New Poetry：An Anthology of Twentieth-century Verse in English*，eds.，Harriet Monroe and Alice Corbin Henderson(New York：The Macmillan Company，1930)P430. 李美华译。

朋友,假装跟他的老朋友在对饮。其实,自始至终只有他自己一个人。

从诗的第一节可以看出,孤独的主题已经呈现。弗勒德先生没有亲友,孤身一人。他没有住在镇子里,而是孤零零地住在山上的修道院里。修道院已经废弃不用,可见平时也不会有人来修道院造访。他一人下山,一人回家,路上,自己和想象中的朋友边喝酒,边对话。为什么要假装和朋友对话?虽然是孤独所致。说到这里,相信大家已经对孤独的弗勒德先生有了一点同情和怜悯。

诗的第二节,弗勒德先生说,这天正好是个月圆的夜晚,再具体说,是秋分之后的满月。接下来的一句话是:我们能赏月的机会已经不会太多。这不免令人觉得辛酸。因为弗勒德先生是位老人,对于老人来说,大部分的时日已经过去,未来时日无多,只剩下长长的过去。而此时此刻,老先生就想起了过去,想起了过去和朋友对饮的情景。但是,现在,只有他孤身一人,他只好一个人同时扮演两个角色,先是他自己对着不存在的朋友说:"为鸟儿干杯。"然后又假装那个并不存在的朋友对他说:"哦,弗勒德先生,既然你提议,必须遵命,我想。"其实,他是在自言自语。

诗的第三节,老人想起了昔日的老朋友。这节诗里,罗宾逊用了一个典故,就是法国的民族英雄罗兰的故事。罗兰在抵抗穆斯林入侵时孤战群敌,拒绝吹号求援,最终战死沙场。诗中说的"无声的号角"指的就是此意。接下来,老埃本再次想起了过去。曾经,镇里有很多他的朋友,他们对他敬重有加,可如今他们都已经去世,留下老埃本一人独在世上。想起这些故去的朋友,老埃本不禁老眼湿润,伤感不已。

诗的第四节,老埃本小心翼翼地把酒罐放在地上。酒罐是陶器,自然很容易破碎。老埃本之所以要小心翼翼,就是怕一不小心会把酒罐打碎。而罗宾逊借题发挥,说老埃本"知道大多数的东西都易破碎"。这里,"大多数的东西"含义就很宽泛,不仅包括易碎品,如酒罐,还包括很多容易失去的东西。联系到老埃本的境况,可以指青春、壮年时期、健康的体魄等等,还可以指曾经拥有的朋友以及随着朋友去世而一去不复返的友情。接下来,老埃本把酒罐稳稳地放在地上,罗宾逊又接了一句:"人们的命运却总是无常。"这句话很有哲理,也很好理解。命运无常,这是我们经常听到的老话。老埃本如今孤身一人,独居在山上废弃的修道院里,镇子里的老朋友都已逝去,他在镇子里也已经一无所有。他因何晚景如此凄凉? 他过去的境况又是怎样的? 这些问题,罗宾逊都没有告诉我们答案,这自然又能引起读者丰富的联想。

诗的第五节和第六节,老埃本继续假装在跟一个老朋友喝酒。这两节诗中,老埃本的行为继续展现孤独的主题,一个人扮演两个角色,假装在对话,假装在对饮。可以想象,夜晚,皓月当空,月光如洗,在别无他人的山路上,老埃本只有自己的影子陪伴着他,孤独而悲凉。而老埃本因为年纪大了,手在颤抖,这越发突出了年老和孤独的主题。诗中说的"我们俩都已发生了很大的变化",对老埃本来说,只是越变越老,越来越孤独。

假想中的晚会还在继续。在想象中的朋友对他再次提议后,老埃本举起酒罐喝酒,还不忘告诫自己"只能喝一点点"。就这样,老人用苍老的嗓音唱起了《友谊地久天长》这首歌。老朋友们都先他而去,村里的年轻人已经不知道他是何许人也,自然也不会像老朋友那样对他表示欢迎。老人剩下的除了孤独,还是孤独。为什么说"听众只有两个月亮"呢? 因为这是一个有月亮的夜晚,月亮挂在中天,酒罐放在地上,酒里自然就出现了月亮的倒影。天上一个月亮,酒里一个月亮,就成了两个月亮。老埃本一个人在山路上，再也没有别人，只有两个月亮。这里借助听众没有人而只有月亮，再次凸显了孤独的主题。

孤独是罗宾逊很擅长抒写的主题，因为这首诗，罗宾逊被誉为孤独的代言人。首先，老人的名字就是一个很有寓意的名字。Eben Flood 暗指 ebb and flow，也就是潮涨潮落的意思。大海的潮涨潮落是自然现象，谁也阻止不了。而人类也一样，一个人从年轻到年老，亲朋好友会一个个离去，这也是自然规律，谁也避免不了。罗宾逊用"弗勒德先生的晚会"作为诗的题目，本身便具有突出孤独主题的用意。弗勒德先生一个人孤零零地住在山上废弃的修道院里。这天晚上也只有弗勒德先生自己一个人，但他却要假装自己和昔日的朋友们在一起办晚会。通过晚会这一寓意，罗宾逊更加突出了诗里孤独的主题。

诗的最后四句是："他的来日所剩不多，/山下的镇里也一无所有——/很久以前，很多朋友都对他开门欢迎，/如今的陌生人却对他把门关上。"前面两句说的是老人的现实状态，因为年纪大了，自然来日不多。而对老埃本来说，他在山下的镇里连个家都没有，这就是为什么他住在山上废弃的修道院的原因。所以，在镇里，他确实一无所有。但是，在山下的镇里，他曾经有很多朋友。过去，一旦去到镇里，老朋友们对他都很热情，都会邀请他到家里坐坐。然而，随着时间的流逝，他的朋友们皆已故去，现今房屋的主人于他已经成了陌生人，对他自然也不像过去那些老朋友们那么热情，所以诗的最后两句说："很久以前，很多朋友都对他开门欢迎，/如今的陌生人却对他把门关上。"读到这里，不禁让我们有了世态炎凉、人走茶凉的感觉。

老人举着酒罐唱歌的景象，也跟唐朝大诗人李白的《月下独酌》有异曲同工之妙。李白在诗中写道："举杯邀明月，对影成三人。"其实写的也是自己一人,加上月亮和自己月下的影子,成了"三人"。而《弗勒德先生的晚会》中,是天上一个月亮,酒里一个月亮,再加上他自己,这样也是"三人"。这两首诗描写的都是孤独。诗中提及的法国民族英雄罗兰,在反抗外敌入侵的战争中,由于拒绝吹号求援,最终战死沙场。对比罗兰的悲剧和弗勒德先生的悲剧,后者的悲剧不是因为战争,而是因为他的所有老友都已离去,独剩他一人孤苦伶仃地生活。在这首诗中,罗宾逊通过弗勒德先生的孤独晚景,很好地诠释了孤独的主题。

5

罗伯特·弗罗斯特的诗歌

一、弗罗斯特简介

　　罗伯特·弗罗斯特（Robert Frost，1874—1963）出生在美国旧金山，父亲是个记者，母亲是个教师。11 岁时，他的父亲早逝，弗罗斯特随母亲和妹妹搬到东部的新罕布什尔居住。当教师的母亲从小就给他读莎士比亚、彭斯和华兹华斯等大师的作品，这对弗罗斯特日后成为诗人起了很大的启蒙作用。上中学时，弗罗斯特特别喜欢希腊语和拉丁语，学习在班里名列前茅。他的诗歌才华在中学时就已经初露端倪：他在学校校报上发表过诗歌作品，后来，又成了校报的编辑。高中时他坠入情网，对象是毕业典礼上和他一起做告别演讲的埃莉诺·怀特。1892 年，弗罗斯特进入达特茅斯学院学习，但不到一个学期就离开了。他向埃莉诺求婚，但埃莉诺却要先完成大学学业才考虑婚事。直到1895 年，两人才终于喜结连理，后以教书为业。

　　1897 年，弗罗斯特以特殊学生的身份进入哈佛大学学习，但因身体不好只好再次回到家中。1900 年，他的祖父为他买了新罕布什尔州的一个农场，弗罗斯特从此开始了经营农场的生活。这里成就了他第一部诗集收录的诗歌。但弗罗斯特不擅经营，1906 年又开始教书生涯。1912 年，他卖掉农场，举家迁往英国。在英国，他认识了庞德等诗人朋友，并在这里出版了第一部诗集——《少年的心愿》（*A Boy's Will*，1913），第二年又出版了诗集《波士顿以北》（*North of Boston*，1914），得到文学圈一些朋友的认可。

　　第一次世界大战的爆发促使弗罗斯特回到美国，与此同时，他继续孜孜不倦地进行诗歌创作。1916年，第三部诗集《山间低地》（*Mountain Interval*,1916）出版。弗罗斯特作为诗人的声誉开始渐渐为人所知，他开始在各地朗读自己的诗作。1924年，弗罗斯特凭借第四部诗集《新罕布什尔》（*New Hampshire*,1924）一举夺得普利策诗歌奖。从此一发不可收，一次次获得该奖项。1931年，《诗集》（*Collected Poems*,1930）获奖；1937年，《又一片牧场》（*A Further Range*,1936）获奖；最后一次是1943年，《见证树》（*A Witness Tree*,1942）获奖。多次获奖奠定了弗罗斯特美国著名诗人的地位。肯尼迪总统就职典礼上，弗罗斯特受邀朗诵自己的诗歌，这也是美国诗人的一份殊荣。

弗罗斯特是美国文学从浪漫主义向现代主义过渡时期的诗人，他的诗歌采用传统的诗节和韵律创作，鲜用现代主义的实验性技巧和自由体。他的创新主要体现在把押韵和无韵结合起来，收放自如，特别是他的对话诗，令人耳目一新。他的诗歌大多取材于新英格兰地区，富有浓厚的乡土气息和乡野情趣，反映了人与自然之间的关系。从20世纪30年代开始，弗罗斯特的个人生活连续遭遇不幸。他最疼爱的小女儿和他的妻子相继离世，他的儿子自杀身亡，他的另一个女儿和他的姐姐都出现了精神崩溃的症状，不得不住院治疗。一系列的人生悲剧使弗罗斯特倍受打击，而这些悲剧也在他这段时期的诗歌中有所体现。

弗罗斯特一生共获得四次普利策诗歌奖，是迄今为止获得该奖项最多的诗人。因为他和新英格兰地区的关系，他还被誉为"新英格兰诗人"。此外，他还有美国"民族诗人"和"非官方桂冠诗人"的美誉。作为美国诗歌浪漫派和现代派的桥梁，弗罗斯特以自己独特的方式和诗作，为美国文学做出了巨大的贡献。

二、弗罗斯特关于人生的哲理诗

Stopping by Woods on a Snowy Evening

Whose woods there are I think I know.

His house is in the village，though；

He will not see me stopping here

To watch his woods fill up with snow.

My little horse must think it queer

To stop without a farmhouse near

Between the woods and frozen lake

The darkest evening of the year.

He gives his harness bells a shake

To ask if there is some mistake.

The only other sound's the sweep

Of easy wind and downy flake.

The woods are lovely，dark and deep，

But I have promises to keep，

And miles to go before I sleep，

And miles to go before I sleep.

雪夜林边驻脚

我认识这片林子的主人，
不过他的房子却在邻村，
他不会想到我在此逗留，
伫望着白雪灌满了树林。

我的小马定是觉得离奇，
荒野中没有农舍可休息，
在林子和冰冻的湖之间，
在一年中最黑的夜里。

它把颈上的铃摇了一摇，
想问问该不是出了差错，
回答它的只有低声絮语——
是风柔和地吹，是雪羽毛般落。

林子真美，幽深，乌黑，
可是许诺的事还得去做。
还得走好多里才能安睡，
还得走好多里才能安睡。①

---

① 赵毅衡编译：《美国现代诗选》（上），外国文学出版社，1985，第 24-25 页。

【作品赏析】

这是弗罗斯特广为人知的一首诗,诗共有四节,每节四行,一、二、四行押韵,是一首韵律非常工整的诗。一开始,诗人告诉我们,在一个大雪纷飞的夜晚,诗中的"我"赶着马车经过邻居家的森林,他在森林边停留片刻,看着雪花飞舞。在这个雪花飞舞的雪夜,陪伴他的没有别的人,只有他的小马。所以,借助小马的口吻,诗中的"我"说自己在这个附近没有人家的林地停留,连小马都感到奇怪。可见,这不是"我"常做的事。一般情况下,他们停留的地方是有人家的地方。

诗的第二节,诗人说"在林子和冰冻的湖之间,/在一年中最暗的夜里。"但是,从科学角度说,一年中是不会有最黑暗的夜晚的,只有最长的夜晚。诗中的"我"在这个大雪纷飞的夜里,在一个不常停留的地方停了下来,而且觉得这是一年中最黑暗的夜晚,这就引发了我们的思考:到底发生了什么事,让他有了这样的举动,又有了这样的想法。

诗的第三节,"我"再次把描述对象转到小马身上,说小马摇了摇头,摇得铃铛叮铃作响,似乎在问主人是否搞错了。除了铃铛的声音,剩下的只有微风的声音和雪花飘落的声音。这里诗人的描写非常文学性,因为不论是微风还是雪花,应该都是几乎没有声音的。

诗的最后一节是全诗的重点,也是全诗最富有哲理性的一节。森林漆黑、深邃,也很迷人,但是,人却不能就此停滞不前。因为诗中的"我"说,还有承诺要去完成。到底是什么承诺呢?也许是作为一个丈夫对妻子的承诺,也许是作为一个父亲对孩子的承诺,也许是诗人自己对诗歌创作这一事业的承诺。所以,"还得走好多里才能安睡",也就是说,在躺下睡觉之前还有很多路要走。这句话,诗人重复了一次,而这句话也有双重含义。其一是他现在正在回家的路上,在回到家能够躺下睡觉以前还有几英里路要走。其二则是指此生结束最后躺倒之前，人生之路还有很长一段要走。而这里的路，也可以指还有很多事要去做，还有很多承诺要去兑现。

所以，在这首诗中，弗罗斯特借由一次雪夜外出归家途中看到的场景道出了人生的某种哲理。其实，生而为人，不管是谁，不管从事什么职业，都有家庭和社会的责任和义务。而一辈子，只要还没到生命终结的时候，人就必须去履行自己的责任，去完成自己的义务。这是每个人之所以为人的根本。

The Road Not Taken

Two roads diverged in a yellow wood，
And sorry I could not travel both
And be one traveler，long I stood
And looked down one as far as I could
To where it bent in the undergrowth；

Then took the other，as just as fair，
And having perhaps the better claim，
Because it was grassy and wanted wear；
Though as for that，the passing there
Had worn them really about the same，

And both that morning equally lay
In leaves no step had trodden black.

Oh，I kept the first for another day!

Yet knowing how way leads on to way，

I doubted if I should ever come back.

I shall be telling this with a sigh

Somewhere ages and ages hence：

Two roads diverged in a wood，and I—

I took the one less traveled by，

And that has made all the difference.

没有走的路

黄色的林子路分两股，

可惜我不能两条都走。

我站立良久，形影孤独，

远远眺望，顺着一条路，

看它转到灌木林后。

我选了另一条，同样宜人，

挑上这条或许有点道理：

这条路草深，似乎少人行；

实际上来往的迹印，

使两条路相差无几。

而且早晨新落的叶子

覆盖着路，还没人踩，

哦，我把第一条留给下次！

前途多歧，这我也知，

我也怀疑哪能重新回来。

多年，多年后，在某地，

我讲讲这件事，叹口气，

树林里路分两股，而我呢——

选上的一条较少人迹，

千差万别由此而起。[①]

【作品赏析】

人生在世，不同的阶段会遇到不同的选择。选择很重要，选对了，人生之路会越走越宽；选择错了，人生之路则会越走越窄。但是，很多时候，选择都是很难做的，因为权衡利弊，分不出优劣，但又只能选其一，不能同时选择。选择不一样，接下来所走的人生之路也就不一样了。

这首诗也是弗罗斯特非常受欢迎的一首哲理诗，主题就是选择。诗中讲述了"我"在秋日里到森林中去散步，来到了一处岔路口。呈现在面前的有两条路，一条看上去人迹较多，另一条路人迹较少，但都是有人走过的。到底要走哪一条呢？诗人在此犯了踌躇，因为他不能同时选择两条路。所以，他"站立良久，/形影孤独"。于是，他对两条路进

---

①　赵毅衡编译：《美国现代诗选》(上)，外国文学出版社，1985，第22-23页。

行了观察，第一条路的尽头"转到灌木林后"，第二条路则是"草深，似乎少人行"，"而且早晨新落的叶子/覆盖着路，还没人踩"。经过观察和考虑，诗中的"我"最后下了决心，选择了这条比较"少人行"的路，决定"把第一条留给下次"。

到这里为止，诗人都在描述路遇岔道，思索如何选择的问题。但接下来，就开始了因为选择而带来的思考："前途多歧，这我也知，/我也怀疑哪能重新回来。"

一条路可以通到下一条路，而下一条路又同样会有岔路口，这样一直往前的结果，自然是无法回头的。古希腊哲人曾经说过：人不能两次跨入同一条河流。因为时间在不停地流逝，河水在不停地往前流，就算你在同样的地点走进同一条河流，时间不一样了，河水也就不一样了，你的年龄和心情也已经不一样了。所以，我们不得不承认，人真的是不能两次跨入同一条河流。人生的选择亦是如此，选择不同，走的路就会不同，人生经历亦会不同。就算可以回头重新来过，时间不一样了，经历不一样了，年龄也不一样了，重走这条路得到的体验和结果也就不一样了。所以，弗罗斯特这两句诗的哲理也就显而易见了。

诗的最后一节，诗中的"我"貌似在多年以后又回忆起这件事，回忆起自己当时的选择是人迹较少的那条路。这说明他是个比较爱冒险的人。人迹较少的路，也许比较危险，比较不安全。没有冒险精神的人肯定以安全为重，不会选择这条路。但是，他当时稍加掂量就选择了比较危险的路，说明他是有闯劲的人。

诗的最后一句说："千差万别由此而起。"这又是一句富含哲理的诗句。选择不同，结果就会不一样。诗人没有告诉我们选择了人迹较少的路后看到的或者遇到的事情，但多年以后却感叹千差万别由此而起，这里说的已经不是当时选路的事情，而是人生的选择。从诗人的经历来说，他选择了一条很少人走的路，那就是做个诗人，用手里的笔把所见所闻和所思所想写进诗歌。他的这一选择决定了他的人生道路。如果他选择了其他职业，或许人生经历就会完全不一样。不过，弗罗斯特选择了诗歌事业，他在诗歌领域最终功成名就，说明他的这一选择是正确的。

三、弗罗斯特关于时间的哲理诗

Nothing Gold Can Stay

Nature's first green is gold，

Her hardest hue to hold.

Her early leaf's a flower；

But only so an hour.

Then leaf subsides to leaf.

So Eden sank to grief，

So dawn goes down to day.

Nothing gold can stay.

金子般的光阴永不停留

大自然的初绿珍贵如金，

可金子般的色泽难以保存。

初绽的新芽宛若娇花，

但花开花谢只在一刹那。

随之嫩芽便长成绿叶，

乐园也陷入悲凉凄恻。

清晨转眼就变成白昼，

金子般的光阴永不停留。①

【作品赏析】

　　这是一首短诗，只有八行，但意味隽永，富含哲理，令人读后掩卷而思，感慨良多。弗罗斯特大部分时间都在新罕布什尔的农场生活。这个州位于新英格兰地区，这里四季分明。冬天气候严寒，长达半年，多暴风雪，所以大部分树木都会落叶，留下光秃秃的枝条经历严冬的考验。但是，一旦春天来临，气候变暖，草木发出新绿，给人带来的便是焕然一新的感觉。从审美角度来说，新绿是最嫩绿的颜色，而且经过一个所见皆是肃杀情景的漫长的冬天，新绿给人带来的不但是希望，而且也是享受。但是，大自然的新绿不能永远持续，随着气候越来越温暖，新芽很快就会变成郁郁葱葱、长势喜人的叶子，这就是诗中第一、二句说的内容。

　　接下来，诗人把新绿比作娇花。花儿开放自然美丽，但是，不管是什么花，花期都是有限的，有的长，有的短。花开花谢是大自然的规律，不可能有永远不谢的花。这就是诗人在第三、四句中说的道理。

　　春天的新绿过后，草长莺飞，树木进入郁郁葱葱的夏季。夏天是万

---

　　① 理查德·普瓦里耶、马克·理查森编：《弗罗斯特集》（上），曹明伦译，辽宁教育出版社，2002，第 289 页。

物生长的季节。但是，夏季也不是永驻的，夏季过后，秋天来临。当秋风骤起，青草发黄，树木落叶，无边落木萧萧下的情景映入眼帘，"乐园"也就"陷入悲凉凄恻"。这里，诗人用了 Eden 这个词。Eden 是指伊甸园。根据基督教文化，人类的始祖亚当和夏娃原本在伊甸园中无忧无虑地生活，上帝指示他们千万不要吃善恶树上的禁果，可是魔鬼撒旦化身为蛇，用花言巧语引诱夏娃偷吃了禁果。夏娃又告诉亚当，于是亚当也吃了禁果。上帝大怒，从此把亚当和夏娃赶出了伊甸园，二人便来到了人间。亚当从此必须劳作，夏娃被罚要承受受孕生子之苦。这里，诗人把秋天来临落叶满地的情景比喻成亚当夏娃被赶出伊甸园来到人间。

诗的最后两句，诗人的思绪又转到了时间。一年三百六十五天，一天二十四小时，时间总是依照规律往前走，昼夜交替。黑夜过后，黎明会到来。而经过一个晚上的休养生息，清晨的天气特别清朗。此时，白日的喧嚣还未开始，空气也比较清新，所以是受人欢迎的。但是，清晨再好也不会停留太久，清晨之后便是白昼的来临。弗罗斯特用这个比喻来说明光阴的珍贵，而光阴之所以珍贵，就是因为它不会停留，一刻不停地在消逝。说到这里，不禁让我们想起中国的一句古话："子在川上曰:逝者如斯夫! 不舍昼夜。"

Fire and Ice

Some say the world will end in fire,

Some say in ice.

From what I've tasted of desire

I hold with those who favor fire.

But if it had to perish twice,

I think I know enough of hate

To say that for destruction ice

Is also great

And would suffice.

火与冰

有人说这世界将毁于烈火，

有人说将毁于坚冰。

据我对欲望的亲身感受，

我支持那些说火的人。

但如果世界得毁灭两次，

我想我对仇恨也了解充分，

要说毁灭的能力

冰也十分强大，

足以担负毁灭的重任。①

【作品赏析】

大自然当中，有很多力量是带有破坏性甚至毁灭性的，比如雷电、火山、台风等等。那么，人类社会，是否也有类似带有破坏性甚至毁灭性的力量呢？弗罗斯特这首诗说的就是这种力量。诗的头两句，诗人说："有人说这世界将毁于烈火，有人说将毁于坚冰。"世界到底会不会

① 理查德·普瓦里耶、马克·理查森编：《弗罗斯特集》（上），曹明伦译，辽宁教育出版社,2002,第 286 页。

美国经典诗歌赏析

毁灭呢？这是有可能的。基督教文化中，根据《圣经》的说法，地球终有一天会毁于大火，而后烟消云散。从科学角度来说，地球也是有可能毁灭的。地球是太阳系的一个星球，而宇宙中有无数的星球在运行，万一哪天某个星球轨迹有变，撞到地球上，那地球也可能因此毁灭。地球不在了，人类社会自然也就毁灭了。说世界会毁于坚冰同样也是有可能的。远古时候就有过冰河时代，那时候虽然不能说没有生命，但只有很少的能够适应严寒环境的物种才能存活。地球之所以适合人类生存，适合动植物生存，是因为我们和太阳的距离不远不近，太阳光照到地球的温度正好适合生命存在。如果哪天太阳不复存在，或者说太阳光无法再照射到地球上，地球上所有的生命就将被冻死。从这个角度来说，世界就毁灭于坚冰了。

接下来，诗人把人的欲望比喻成火，也就是说，欲望太强烈，就会像火一样，产生毁灭性的力量。比如有的人爱而不得，便对拒绝他的一方动了伤害的念头，甚至动了杀机，最终害人害己。有的人对金钱有极强的欲望，无法通过正当渠道获得，便去抢劫偷盗，最终把自己送进监狱。此类例子，不胜枚举。所以，诗人说欲望就像火一样具有毁灭性。接着，诗人又作了一个比喻，把仇恨比喻成冰。冰也是带有毁灭性的，既然仇恨就像冰，那仇恨同样也带有毁灭性。这种例子，我们可以举出很多。因为怨恨产生嫌隙，导致吵架或是打架，或者因为仇恨产生害人杀人之心，最终犯法获罪，这些都是证明。

What Fifty Said

When I was young my teachers were the old.

I gave up fire for form till I was cold.

I suffered like a metal being cast.

I went to school to age to learn the past.

Now when I am old my teachers are the young.

What can't be molded must be cracked and sprung.

I strain at lessons fit to start a suture.

I got to school to youth to learn the future.

五十至言

过去我年轻,我的教师高龄,

我抛弃火,追求形式,直到冰冷。

我备受痛苦,像浇铸溶液,

为懂得过去,我进学校,向长者学。

现在我老了,我的教师年少,

我只会绽缝裂口,没法熔化重浇。

我费力学功课为了弥补缝裂,

为理解未来,我进学校,向后生学。①

【作品赏析】

　　这是一首关于知天命之年有所感悟的诗。古人云:三十而立,四十而不惑,五十知天命。到了知天命的年龄,人会有什么样的心态,又会

---

① 　赵毅衡编译:《美国现代诗选》(上),外国文学出版社,1985,第 26-27 页。

有什么样的感悟？弗罗斯特在这首诗中从一个侧面给了我们答案。诗的题目叫《五十至言》，意思即到了五十岁是怎么说的。这首诗共有两节。第一节是说年轻的时候，进学校向老师学东西，老师当然都比学生年长，所以是向长者学习过去，学习人类文明积累下来的知识。诗的第二句说："我抛弃火，追求形式，直到冰冷。"这里诗人用了一个形象的比喻，指年轻人进学校学习，就犹如一块铁被锤打成所需的铁具。过去科技还不太发达的时候，铁匠打造铁器时，首先是把铁放到火炉里烧得通红。高温导致铁变软了，铁匠趁这时候用铁钳把铁夹出来，放到铁砧上，然后用锤子用力敲打成所需的形状，之后让它冷却，新的铁器模型就打造成了。这里，诗人把年轻人去学校学习比喻成被老师锻造敲打；"备受痛苦"，是指受火煎熬，并被敲打成形。敲打人就是老师，年轻人接受老师，也就是长者的教育和培养。

　　诗的第二节，开头就说："现在我老了，我的教师年少。"说的就是"我"已经到了五十岁，进入中年，到了知天命的年龄，这时候的老师反倒是比自己年轻的人了。时代在发展，社会在进步，科技发展越来越快，新的知识新的思想不断出现。这是到了"我"五十岁时才出现的，所以，"我"不可能掌握这些知识和技术，这就是诗人说的"裂口"。所以，诗人说："我只会绽缝裂口，没法熔化重浇。/我费力学功课为了弥补缝裂。"到了这个年纪，不可能再被锻造重烧，而且又有了裂缝，"我"就只能去向年轻人学习，努力去弥补裂缝。这时候，就像诗的最后一句所说的："为理解未来，我进学校，向后生学。"也就是说，必须到年轻人当中去向年轻人学习，以了解未来。

四、弗罗斯特关于自然的哲理诗

A Minor Bird

I have wished a bird would fly away，

And not sing by my house all day；

Have clapped my hands at him from the door

When it seemed as if I could bear no more.

The fault must partly have been in me.

The bird was not to blame for his key.

And of course there must be something wrong

In wanting to silence any song.

一只小鸟

我总希望那只小鸟快快飞走，

别整天在我屋子外唱个不休；

有时它的歌声叫我难以容忍，

我便出门击掌止住它的声音。

这场不愉快多半都应该怪我，

我没有权力制止那只鸟唱歌。

如果有谁想叫任何歌声停息，

那他当然就会做出某种错事。①

【作品赏析】

这是一首关于人与自然关系的短诗。弗罗斯特曾经在新英格兰地区几度购买农场，亲自劳作，很多动植物都被他写进诗歌。这些诗自然气息浓郁，但又不乏某种哲理。这首题目叫《一只小鸟》的短诗就是这样的诗之一。这首诗只有八行，每两行为一节。弗罗斯特用简单的语言描述了诗中的"我"和小鸟之间的不愉快。前面两句是白描手法，写了小鸟总在窗外叫个不停，但它的叫声并未给屋内的人带来愉悦，而是使人不耐烦。所以，"我"希望小鸟能够飞走，飞走了也就不会再叽叽喳喳叫个不停了。

但是，希望不是现实。诗人希望小鸟能够飞走，但小鸟并未飞走，而是依然故我地用自己的语言高声歌唱。这引起了"我"的反感，实在忍受不了了，就采取措施要把小鸟赶走，这就是三、四两句写的："有时它的歌声叫我难以容忍，/我便出门击掌止住它的声音。""我"的措施是击掌，希望击掌发出的声音可以把小鸟吓跑，从而停止让"我"烦恼的歌唱。小鸟被赶走了吗？诗人并没有告诉我们。

诗的第三、四节转入诗中的"我"的反思。"我"突然意识到跟小鸟

① 理查德·普瓦里耶、马克·理查森编：《弗罗斯特集》(上)，曹明伦译，辽宁教育出版社，2002，第 321 页。

之间的不愉快,主要得怪自己。因为大自然是人类和鸟类的共同家园。人类在大自然当中生活,有自己的生存方式和行为方式,鸟类也一样。如果只顾人类,不顾其他生物,那就是人类中心主义在作怪了。所以,作为大自然中的生灵之一,小鸟也有自己的自由。而唱歌是小鸟的天性,只要它还活着,就一定会歌唱。这是小鸟的权利。所以,"我"意识到了这一点,觉得这事不能怪小鸟,只能怪自己,因为自己越权了,想要制止小鸟歌唱,而"我"是没有权利这么做的。

　　最后两句,诗人继续在做反思。他说:"如果有谁想叫任何歌声停息,/那他当然就会做出某种错事。"这就由希望小鸟飞走、想要制止小鸟歌唱这件事情上悟出一个道理来了。小鸟的歌唱是一种自然天性,而任何想要制止它的行为就是违反自然规律了。我们知道,大自然是人类和动植物的共同家园,任何人,只要做出了违反自然规律的事,势必会受到自然的惩罚。人类文明发展到现在,由于不重视自然规律,做出了很多破坏自然的举动,使生态遭到大规模破坏。长此以往,地球将不再适合人类居住,人类将会把我们和动植物的共同家园——美丽的大自然破坏殆尽,最终导致人类的灭亡。所以,当务之急,必须让人们意识到爱护自然、保护自然的重要性,不要再不自量力地想要征服自然,改造自然。只有这样,才能保护好大自然这个家园,让人类繁衍生息。这首诗由一只小鸟入手,表达了弗罗斯特的生态意识。

艾米·洛威尔的诗歌

一、洛威尔简介

艾米·洛威尔（Amy Lowell，1874—1925）于 1874 年出生在美国马萨诸塞州一个显赫的家庭，从小就在私立学校接受教育。17 岁时辍学回家照顾年迈的父母，从此走上了自学成才之路。洛威尔的写诗生涯有点传奇色彩，她的第一首诗是为一个著名的女演员埃莉奥诺拉·杜斯写的。1902 年，洛威尔在看了埃莉奥诺拉的表演之后，为她的美丽和才华所倾倒，专门写下一首诗献给了她。虽然她们只见过几次面，但埃莉奥诺拉给了洛威尔很多灵感，洛威尔从此走上了诗歌创作的道路。

说到洛威尔的诗歌，不能不说说美国意象派诗歌及她和发起人庞德的不和。意象派是英美现代诗歌中的一个流派。1913 年，休姆、庞德和弗林特等在伦敦发表意象主义三点宣言，要求直接表现主客观事物，删除一切无助于"表现"的词语，以口语节奏代替传统格律。后来，美国诗人 H.D.、威廉斯和洛威尔也加入了意象派诗歌的行列。1914年至 1918 年间，艾米·洛威尔主持出版了 5 卷《意象派诗选》，30 年代又出过 1 卷。这些诗歌着重用视觉意象引起联想，表达一瞬间的直觉和思想，一般用自由体写作短小篇章。据庞德等自称，他们曾受中国古体诗和日本俳句中运用意象的方法的影响。这一流派对英美现代诗歌在采用口语、自由体和意象等方面颇有影响。

和庞德、H.D. 一样，洛威尔也是美国意象派诗歌的代表人物。她把意象派诗歌引入美国，前面提到的她编撰的《意象派诗选》就是例证。

美国经典诗歌赏析

但是,她的所作所为却令庞德反感,以致庞德拂袖离开了意象派。洛威尔毫不气馁,一生都坚持意象派诗歌创作。洛威尔个性鲜明,我行我素,除了在诗歌创作方面不受庞德待见之外,还在很多方面遭到批评,如她的同性恋行为、她的男性装束、她吸烟的习惯,甚至连她的肥胖也遭到非议。作为一个同性恋者,洛威尔有个终身的同性情人——艾达·罗素。艾达是个演员,从 1909 年开始便一直陪在洛威尔身边,直至她 1925 年去世。洛威尔给艾达写了很多诗歌。我们接下来要欣赏的《十年》就是洛威尔为庆祝她和艾达在一起十周年而写的。

洛威尔的代表诗集有《男人、女人和鬼魂》(*Men*, *Women and Ghosts*, 1916)、《浮世绘》(*Pictures of the Floating World*, 1919)、《东风》(*East Wind*, 1926)等,诗集《几点钟》(*What's O'clock*, 1925) 于 1926 年获得普利策诗歌奖。评论集《法国六诗人》(*Six French Poets*, 1915)和传记作品《约翰·济慈》(*John Keats*, 1925)也很受美国读者欢迎。洛威尔对写诗非常执着。她曾经成立了一个诗歌中心,推进了美国诗歌的发展,还帮助过一些美国诗人。除了写诗,她还写散文,搞翻译,写文学传记。其中,她和弗洛伦斯·艾斯库合作翻译的中国古典诗歌集《松花笺》最为有名。

二、洛威尔的爱情诗

The Taxi

When I go away from you

The world beats dead

Like a slackened drum.

I call out for you against the jutted stars

And shout into the ridges of the wind.

Streets coming fast，

One after the other，

Wedge you away from me，

And the lamps of the city prick my eyes

So that I can no longer see your face.

Why should I leave you，

To wound myself upon the sharp edges of the night?

出租车

当我离开你，

世界的心跳停了，

好像松弛的鼓皮。

对着凸起的星星，我呼唤你，

向着狂风的浪尖，我高喊你，

街道飞奔而来，

一条接着一条，

把你挤开。

城市的灯光刺我的眼，

使我再看不到你的脸。

为什么我非得离开你，

在夜的利刃上劈伤自己？[1]

【作品赏析】

洛威尔是意象派代表诗人之一，一直秉承意象派诗歌的创作理念，所以，她的诗歌一般都比较简洁明了，短小精悍。她和同性情人艾达一起生活了一辈子，写过不少爱情诗，这首题目叫《出租车》的诗就是一首爱情诗。诗总共 12 行，不分节，给人一气呵成的感觉。看得出来，这是一首分手诗。

诗的一开始，诗人便表达得很清楚：当我离开你，世界也像松弛的鼓一样，心跳停了，死了。接下来，诗人描写了分别时的情景：这是一个夜晚，星空渺渺，繁星凸显，狂风呼啸。面对这样的星空和狂风，诗中的"我"在呼唤着"你"。可见，这分手并不是"我"心之所愿，不是"我"所乐意而为的。一边离开"你"，一边却在呼唤着"你"。但是，街道一条接一条，把"我"和"你"分开。"我"离"你"越来越远，街灯刺目，让"我"眼花缭乱，加上越来越远的距离，"我"就不再能够看见"你"了。诗的最后两句，诗人道出了"我"的两难境地："为什么我非得离开你／在夜的利刃上劈伤自己？"一方面是主动离开，另一方面却被自己离开的行为所伤。也就是说，从内心深处，"我"是不想离开的。那么，到底是为什么要离开？可能是两人虽然相爱，但是，现实却不允许他们在一起。所以，他们只好选择分手。这可以解释为什么诗中的"我"既要离开，却又感到很痛苦。

诗的题目叫"出租车"，读完全诗，似乎感觉这题目与诗毫不相干。

---

① 赵毅衡编译：《美国现代诗选》（上），外国文学出版社，1985，第 83 页。

其实不然。从诗中的"街道""街灯"可以看出,这次离开,主人公应该是坐着出租车离开的。诗人没有用"分手"作为题目,而是用离开的工具"出租车"作为题目,明确告诉我们诗中的"我"是主动坐着出租车离开的。这就意味着主人公可能是负气离开,抑或是很决绝地离开。

Decade

When you came, you were like red wine and honey,
And the taste of you burnt my mouth with its sweetness.
Now you are like morning bread,
Smooth and pleasant.
I hardly taste you at all for I know your savour,
But I am completely nourished.

十 年

当你来到我身旁,你就像红酒和蜂蜜,
因为品你,甜蜜灼伤了我的唇。
现在,你就像当早餐的面包,
平顺柔软,赏心悦目,
我几乎不用品尝,因为我已知你的味道,
但我却获得了全部的营养。①

---

① Maya Angelou, *Maya Angelou*:*Poems*(New York:Bantam Books,1986), p.217.李美华译。

【作品赏析】

这首诗很短,只有 6 行。这是一首典型的爱情诗,从情感方面来看,很有哲理。题目是《十年》,这是洛威尔写给情人艾达的诗,用以纪念她们相爱十周年。诗的一开始,诗人就描述了她们刚开始认识时的情形。那时候,"你就像红酒和蜂蜜"。红酒象征浪漫,而蜂蜜象征甜蜜。这种超乎寻常的甜蜜尝在嘴里,甜得醉心,甚至可以把嘴巴都灼伤。但是,现在,十年已然过去,"你"已经从红酒和蜂蜜变成了早餐的面包,看上去令人愉悦,而我也不必再去品尝,因为面包的味道已经很熟悉。不用品尝什么味道,但吃下去却得到了营养。

这首诗形象地描述了爱情的规律。刚认识的时候,或者说谈恋爱的时候,情感非常热烈,恋爱双方自觉地把自己最好的一面展示给对方,让对方看到自己的优点和长处。而爱情往往令人一叶障目,看到的都是对方的优点和长处,即使是缺点也是可以容忍的。所谓的"情人眼里出西施"就是这时候的感觉。但是,恋爱的感觉不可能持续永久。随着时间的流逝,相爱的双方从相互的吸引走向互相熟悉,感情从热恋走向成熟。就像诗中说到的,一开始像是红酒和蜂蜜,让人迫不及待地想去品尝;但是,过了十年,感情就像是早餐的面包,不再那么诱人,那么令人迫不及待,但却是不可缺少的,因为这是粮食,是人赖以生存的根本。

从这首诗里,我们可以知道爱情不可能永远如初恋时那么浓烈,激情是不可能持续永久的,必然会向平淡过渡。虽然平淡了,但是不可缺少。因为这是营养,没有营养,生存都不可能,哪里还能谈得上爱情。所以,这首诗给人的启示就是:正确认识爱情,正视情感,接受"平平淡淡才是真"的感觉。

A Gift

See! I give myself to you, Beloved!

My words are little jars

For you to take and put upon a shelf.

Their shapes are quaint and beautiful,

And they have many pleasant colours and lustres

To recommend them.

Also the scent from them fills the room

With sweetness of flowers and crushed grasses.

When I shall have given you the last one,

You will have the whole of me,

But I shall be dead.

礼　物

你瞧！我把自己给了你，我的爱！

我的诗行就是一个个小罐子，

让你拿走，摆在架子上。

它们的形状精巧，漂亮

吸引人的

还有它们的颜色和光泽，悦目非常

它们的气味弥漫了整个房间

是花朵和碾碎青草的甜香。

当我把最后一个罐子给了你，

你也就拥有了我的全部，

但我也将寿终正寝。①

【作品赏析】

在这首诗中，罐子是最重要的意象。而文中的 words 可能是指情话，就洛威尔是个诗人来说，也可能是指"诗句"。诗人把自己的诗句比喻成精美、漂亮、小巧的罐子，"我"把这些罐子制好，供你取用。它们有不同的形状，有圆的，有方的，有大的，有小的，有宽口的，有窄口的，但都很精美漂亮。它们还有不同的颜色，不同的光泽度，各有各的特点，各有各的美丽。"我"把这些装满情话的精美罐子送给"你"，"你"可以把它们放在架子上观赏。这些罐子不但精美、漂亮，而且会散发出鲜花和被碾碎的青草的自然的芬芳，弥漫在放有罐子的整个房间。这里把爱与大自然联系在一起，意味着这种爱是纯美的，自然的，令人愉悦的。

诗的第二节，因为"我"的生命有限，"我"所制的罐子不会永远取之不尽，等到"你"拿走了最后一个，"我"的生命也就终结了。这样，"我"把"我"的所有都给了"你"，而"我"的生命就此结束。

这首诗有两个层面的启示：第一，爱是无私的奉献，只谈给予，不谈索取。所以，我的爱，你尽可拿去，直到我生命的最后一刻。第二，这首

① Amy Lowell，*The Complete Poetical Works of Amy Lowell*（Boston：Houghton Mifflin Company，1955），p.217.李美华译。

诗讴歌了一种至死不渝的爱情。爱,就是一辈子的爱,爱到最后一刻,直至生命结束。所以,这是一首非常感人的爱情诗。

Opal

You are ice and fire,

The touch of you burns my hands like snow.

You are cold and flame.

You are the crimson of amaryllis,

The silver of moon-touched magnolias.

When I am with you,

My heart is a frozen pond

Gleaming with agitated torches.

猫眼石

你是冰,你是火,

你的抚摸像雪一般灼痛我的手,

你是寒光,你是火焰,

你是孤挺花的深红色,

你是月光沐浴下玉兰的银色。

当我和你在一起,

我的心成了冰冻的池塘,

在摇曳的火把下闪烁发亮。[①]

【作品赏析】

猫眼石其实是一种名贵的宝石,由于石头上有一道奇异的光,这种光与猫的眼睛一样,能够随着光线的强弱而变化,因此得名"猫眼石"。洛威尔用《猫眼石》作为诗的题目,可见情人是她特别重视、特别珍惜之人。

在这首诗中,出现了几对对比强烈的意象,如"冰"和"火"、"寒光"和"火焰"、"深红色"和"银色"等。诗人把情人既比作冰,又比作火,既是寒光,又是火焰。这里,诗人似要描述爱情本身的双面性:一方面激情四射,豪情满天;而另一方面,爱情也能让人如入冰天雪地的境地,有寒意袭人的感觉。所谓的爱情是把双刃剑,置身爱情当中犹如体验冰火两重天,大概就是这个意思了。也许有人会问,这些比喻都可以接受,但是,第二句说的"你的抚摸像雪一般灼痛我的手"要怎么解释呢?火焰可以烫痛手,难道雪也会吗?其实,雪虽然与火相反,但是,冰雪同样会冻伤人体。只不过洛威尔这里用了"灼痛"这个比较奇特的比喻罢了。

接下来的两个比喻比较温和,说"你"是"孤挺花的深红色"。孤挺花花型大,显眼,且会发出浓郁的花香,很有吸引力。此外,孤挺花也是高贵的花种。所以,洛威尔用"孤挺花的深红色"来形容情人"你",赞美的是情人令人仰慕的一面。玉兰花漂亮典雅,清香远溢,极具诗情画意,在月光沐浴下的玉兰花更是柔雅清丽,同样有高贵的气质。可见,用"月光沐浴下玉兰的银色"来形容情人,同样还是出于对情人的爱慕。

诗的最后三句说:"当我和你在一起,/我的心成了冰冻的池塘,/在

———————

①　Amy Lowell，*The Complete Poetical Works of Amy Lowell*（Boston：Houghton Mifflin Company，1955），p.214.李美华译。

摇曳的火把下闪烁发亮。"也就是当这两个人互相爱慕,沉浸在爱恋当中时,心成了"冰冻的池塘",但是,这个池塘上却有"摇曳的火把"。也就是说,他们的恋爱像前面说过的比喻一样,有冰火两重天的体验。但是,那冰上闪烁的火光又有种浪漫的美感。也许,诗人要表达的正是恋爱中人的情感的两个极端,但这种情感体验并不是负面的,或者毁灭性的,而是能给人浪漫的感觉。

三、洛威尔的其他诗歌

Falling Snow

The Snow whispers about me,

And my wooden clogs

Leave holes behind me in the snow.

But no one will pass this way

Seeking my footsteps,

And when the temple bell rings again

They will be covered and gone.

飘 雪

我的身边,雪在喃喃低语,

而我的木屐

在我身后的雪地上留下脚印。

没有人会从此地经过，

追寻我的足迹，

当寺庙里的钟声再次响起，

这些脚印会被覆盖，就此无踪无影。①

【作品赏析】

  这首诗很短，但读过之后，却觉得意味隽永，富含人生哲理。诗中描写的是飘雪的日子。读这首诗，一幅踏雪图便展现在我们面前：雪花无声地飘落，似乎在对诗中的"我"低语。而"我"穿着木屐，在雪地上前行。雪地上留下了一串脚印。诗人说，"我"虽然走在这片雪地上，但是，别人是不会经过这里的，没有人会来此地寻找"我"留下的脚印。一段时间过去后，脚印会被飘落的雪花覆盖，了无痕迹。

  这首诗给了我们这样的启示：每个人在人生旅途上都会留下自己的足迹，这就像在雪地上前行会留下鲜明的脚印一样。这些足迹，对于每个人自己而言，都是人生的印记，也许还是很重要的印记。但是，对于其他人，或许就无关紧要。人们或许知道，或许不知道，或许记得，或许忘记。而人生旅途中，印记很多，有些印记，也许随着时间的推移，连自己都会忘记。就像诗中所说，当庙宇里的钟声再次响起，这些脚印就会被雪覆盖。

  值得一提的是，这首诗中有两个意象值得注意，一是"木屐"，二是"寺庙"。这两个意象从文化层面来分析，应该是东方文化里的东西。所以，这首诗可能是从中国古诗翻译成英文的。

---

  ① Amy Lowell，*The Complete Poetical Works of Amy Lowell*（Boston：Houghton Mifflin Company，1955），p.208.李美华译。

The Fisherman's Wife

When I am alone,

The wind in the pine-trees

Is like the shuffling of waves

Upon the wooden sides of a boat.

渔　妇

我独自一人

松林里的风

就像海浪的微波荡漾

拍打着小木船的船舷。①

【作品赏析】

这首诗是用第一人称叙述的,可见,诗中的"我"就是指渔妇。第一句"我独自一人",说明渔妇此时只有自己一个人待着,她的丈夫没有跟她在一起,所以,据此推测,渔夫应该是出海打渔了。第二行的松林,应该是指他们住的地点,也就是说,他们住在海边的松树林里。独自待在家里的渔妇,看到松树林里起风了,由此想到了小木船,也就是渔船的两边被波涛拍击的样子。波浪不大,可见风也不大。

这首短诗其实有两个层面的意思。一是渔妇待在家里,看到起风

---

①　Amy Lowell, *The Complete Poetical Works of Amy Lowell* (Boston: Houghton Mifflin Company, 1955),p.204.李美华译。

了,由此想起了渔船,想起了出海的丈夫,表达了妻子对丈夫的思念。第二层意思跟风有关。我们知道,海上作业的人最怕的就是风。风浪越大,危险性也就越大。风浪的大小关系着海上作业的人的安危。所以,渔妇在家里看到风,也就想起了海上打渔的丈夫。但是,风不大,丈夫的生命危险也就不大。这就又表达了妻子对丈夫的关心。

7

威廉·卡洛斯·威廉斯的诗歌

一、威廉斯简介

威廉·卡洛斯·威廉斯（William Carlos Williams，1883—1963）
是 20 世纪美国诗坛的重要诗人之一，同时还是小说家、剧作家和散文
家。说来有趣，威廉斯的本行是个医生。在宾夕法尼亚大学学医的时
候，他认识了意象派代表诗人庞德和杜利特尔（H.D.），从此与他们结
下了深厚的友情。学成之后，威廉斯回到家乡，在当地医院当儿科医
生。四十年的从医生涯让他有机会进入当地居民家中，从贫苦的意大
利移民到生活相对安逸的中产阶级家庭。家乡和周边城镇为威廉斯的
创作提供了大量的素材。

威廉斯的创作风格独特，充满美国地方特色。受母亲的影响，威廉
斯从小学习绘画，曾经有当画家的强烈倾向，所以，他对色彩比较敏感。
色彩的应用正是他的诗歌非常突出的特点。在威廉斯的诗歌中，红、
黄、蓝、白、绿和黑都是他经常使用的颜色。在这些色彩的渲染下，他的
诗歌呈现出一幅幅寓意丰富、画面和谐的日常生活景象。有人甚至认
为，他对色彩的敏感和表达不亚于画家。威廉斯对色彩的应用，不仅仅
是为了描述风景，更是为了引起读者对颜色的丰富联想。正因为他对
色彩的应用，他的诗歌画面感很强，视觉效果很好。于是，不论是诗歌
所描述的景色还是读者的想象力都得到了提升。

1909 年，威廉斯自费出版了第一部诗集《诗作》（*Poems*，1909），但
威廉斯对这些诗歌并不是很满意。1913 年，经庞德介绍，威廉斯的第
二部诗集《性情》（*The Tempers*，1913）在伦敦出版，得到了庞德的推

介。从这本诗集开始,威廉斯渐渐有了自己的风格,比如不押韵,写自由体诗歌,每行不用大写字母而用小写字母开头等等。1917年,第三部诗集《给想要它的人》(*Al Que Quiere!*,1917)在波士顿出版。这部诗集主要反映诗人身边的事,是诗人探索生活的结果。"现实、本地、生活等这几个有着逻辑关系的关键词从此决定了威廉斯诗歌创作的走向。"[①]下一部诗集《酸葡萄》(*Sour Grapes*,1920)出版于1920年,这部诗集中,威廉斯仍然追求意象的画面感,这些作品也标志着他的诗歌创作逐渐走向成熟。这之后出版的作品有《春天等一切》(*Spring and All*,1923)、《1921—1931年诗汇编》(*Complete Poems 1921—1931*,1934)、《早年殉道者及其他》(*An Early Martyr and Other Poems*,1935)、《亚当和夏娃和城市》(*Adam & Eve & the City*,1936)、《楔子》(*The Wedge*,1944)、《诗选》(*Selected Poems*,1949)、《沙漠音乐及其他》(*The Desert Music and Other Poems*,1954)。1951年,威廉斯出版了《自传》(*Autobiography*),主要讲述了他作为医生的经历以及与诗歌的关系。

威廉斯最重要的作品是五卷本的长诗《帕特森》(*Paterson*)。这部系列作品取材于他的家乡,也就是他以医生为职业的地方——帕特森。在这系列作品中,威廉斯表达了美国作为一个多种族移民国家的特点。每个种族的言语和行为都有自己的特点,既千差万别,又各具活力,但这些移民对自己所在地区的历史都不甚了了。威廉斯试图通过诗歌来寻求一种"共同的语言"。诗里的医生诗人就叫帕特森,住的地点也是新泽西州的帕特森。他过着平常的生活,所见都是平常之事。他也许

---

① 威廉·卡洛斯·威廉斯:《威廉·卡洛斯·威廉斯诗选》,傅浩译,上海译文出版社,2015,第13页。

不喜欢邻里的行为,但他没有霸道地剥夺他们选择自己行为方式的权利。在威廉斯的笔下,诗人自己的日常生活和他那些邻里的生活都是真实的,甚至是颇有诗意的。

除了诗歌,威廉斯还有小说、戏剧出版。1937 年,威廉斯出版了他的小说三部曲中的第一部《白骡》(*White Mule*,1937),第二部《钱里面》(*In the Money*,1940)出版于 1940 年,最后一部是《积累》(*The Bulid-up*,1952),出版于 1952 年。除了小说,威廉斯还有剧本问世。可以说,威廉斯是一个集诗人、小说家和剧作家于一身的全才,但他直到 20 世纪 50 年代后才开始为人所熟知。他的《诗选》和《帕特森》(卷三)获得了美国国家图书奖。1963 年,威廉斯的最后一部诗集《出自勃鲁盖尔之手的绘画》(*Pictures from Brueghel*,1936)出版,此时诗人已经去世两个多月。这本诗集获得了普利策诗歌奖和国家艺术与文学院颁授的诗歌金质奖章,这等于给威廉斯终身为美国文学所做的贡献做了一个总结。威廉斯对美国后辈诗人的影响很大,被很多诗人尊为一代宗师,而他的诗歌风格也被誉为独特的"美国风格"。

二、威廉斯的哲理诗

Spring and All

By the road to the contagious hospital

under the surge of the blue

mottled clouds driven from the

northeast—a cold wind. Beyond, the

waste of broad, muddy fields

brown with dried weeds, standing and fallen

patches of standing water

the scattering of tall trees

All along the road the reddish

purplish, forked, upstanding, twiggy

stuff of bushes and small trees

with dead, brown leaves under them

leafless vines—

Lifeless in appearance, sluggish

dazed spring approaches—

They enter the new world naked,

cold, uncertain of all

save that they enter. All about them

the cold, familiar wind—

Now the grass, tomorrow

the stiff curl of wildcarrot leaf

One by one objects are defined—

It quickens: clarity, outline of leaf

But now the stark dignity of

entrance—Still, the profound change

has come upon them: rooted, they

grip down and begin to awaken

春天等一切

在通往传染病医院的路边

在从东北滚滚

涌来、带蓝色斑点的

云团下———一阵冷风。远处,那

广阔、泥泞的荒野

杂草枯黄,或直立或倒伏

一汪汪死水

散布的高大树木

沿路全部是红的

紫的、分叉的、挺立的、抽条的

灌木丛和小树这类

下面是枯黄的落叶

无叶的枯藤——

貌似无精打采、懒散

昏沉的春天临近——

它们进入新世界，赤裸

冰冷，对一切都不确定

除了它们已进入。它们周围，

冰冷，熟悉的风——

现在，草，明天

野胡萝卜叶硬硬的曲卷

一个个物体被定形——

风催促着：清晰，叶子的轮廓

但现在，只有进入的

无华尊严——然而，深沉的变化

已降临在它们身上：生根，它们

向下紧抓，开始苏醒 ①

【作品赏析】

威廉斯医学院毕业后就回家乡帕特森当医生。帕特森是个小城，威廉斯把他在帕特森当医生期间的很多所见所闻都变成了他诗歌和小说创作的素材。威廉斯注重美国性，主张诗歌应离开象牙塔，回归现

① 威廉·卡洛斯·威廉斯：《威廉·卡洛斯·威廉斯诗选》，傅浩译，上海译文出版社，2015，第 105-106 页。

实。他所崇尚的艺术之路便是坚持美国本土精神。故此,在他的诗歌中,没有讳莫如深的抽象表达,有的是栩栩如生的现实描写。但是,在现实当中又蕴含很多深意,值得读者细心体会。

《春天等一切》这首诗就是如此。它一开始描写的是冬天的情景,然后才涉及春天。可以说,这是一首描写冬春之交的诗歌。它明显分为前后两个部分。前一部分写的都是冬天的景色,后一部分写的是对春天的憧憬。诗歌的第一节到第三节,诗人让我们看见了冬日肃杀的景象:阴云滚滚,冷风飒飒,荒野泥泞,杂草枯黄,死水汪汪。路边的树和灌木丛,也是一派冬日情景:光秃秃的树枝横七竖八;灌木丛枯藤无叶,地上满地落叶,枯黄一片。表面看,这肃杀的冬日一点生机也没有,给人的感觉是荒凉而绝望。

然而,诗人说:"貌似无精打采、懒散/昏沉的春天临近——"这就让我们想起英国浪漫主义大诗人雪莱的诗句:"如果冬天来了,春天还会远吗?"冬天虽然肃杀,但季节不可能永远是冬天。冬天过后,春天就到来了。所以,在这一派冬日情景中,其实,春天的生机已经在孕育,春天的脚步也已经临近。虽然现在看到的还是枯草,感受到的是冰冷的寒风,但是,过了冬天,春天生机盎然的样子就会一一呈现。所以,现在冰冷的风预示着冬日过去后,温暖的春风即将到来。而接着,草也会冒出新绿,野胡萝卜会从地底下冒出芽来,所有的植物在春风吹拂下将一一显现。现阶段的它们,已经开始苏醒,只不过苏醒先从根部开始,慢慢向上延伸,然后整个露出地面,叶子的轮廓显现,正如诗人所说:"一个个物体被定形"。然后,万物就开始生长了。

这首诗能给我们两个启示:一是春天的到来势必要先经历冬天的寒冷和肃杀。换句话说,很多事情都不是一帆风顺、没有阻碍的;只有经过前期的艰难和磨难，才能实现后期的成功。二是不管冬天多么寒冷，多么毫无生机，但是，冬天终将过去，春天一定会到来。所以，在碰到困难、遭遇挫折的时候，不要失去信心，不要绝望，要相信困难和挫折都是暂时的，不可能永远存在。要有克服困难、战胜挫折的决心和信心。

诗中还有一句话也很有深意，威廉斯说当"昏沉的春天临近"，"它们进入新世界，赤裸/冰冷，对一切都不确定/除了它们已进入"。这里，春天被比喻成一个初生的婴儿，赤身裸体来到这个世界。他对这个世界一无所知，所有的一切自然都是不确定的。但是，他已经来到这个世界，成了这个世界的一员，这是一个事实。冬天还在逡巡不去的时候，春天虽然已经在孕育，但是毫无迹象——就像婴儿，虽然在母体里已经是活生生的生命，但是赤身裸体。这个比喻既奇特又确切，而能想出这种比喻，大概跟威廉斯自己是个儿科医生不无关系。

三、威廉斯的生活诗

The Widow's Lament in Springtime

Sorrow is my own yard

where the new grass

flames as it has flamed

often before but not

with the cold fire

that closes round me this year.

Thirtyfive years

I lived with my husband.

The plumtree is white today

with masses of flowers

Masses of flowers

load the cherry branches

and color some bushes

yellow and some red

but the grief in my heart

is stronger than they

for though they were my joy

formerly, today I notice them

and turn away forgetting.

Today my son told me

that in the meadows,

at the edge of the heavy woods

in the distance, he saw

trees of white flowers.

I feel that I would like

to go there

and fall into those flowers

and sink into the marsh near them.

寡妇的春愁

忧愁是我自家的庭院，

其中新草出苗

如火，一如往常如火

出苗，但今年

却没有那冷火

从四周逼近我。

我与丈夫生活了

三十五个年头。

李树今天很白，

开了好多的花。

好多的花

挂满樱桃树枝

把有些灌木丛染

黄，有些染红，

但我心中的哀伤

比花朵繁盛；

虽说从前花朵令我

愉悦，但今天我看到它们

却一转身忘个干净。

今天我儿子告诉我，

在远处，茂密的森林

边缘，那草地

中间,他看见

一棵棵树挂满白花。

我觉得想要

去那里,

跌入那花丛中,

沉入近旁的沼泽里。①

【作品赏析】

威廉斯长期在家乡当医生,这一职业让他经常有机会接触到周围的普通人群,而很多时候,这些人的故事也被他写进了诗歌。这首诗写的就是一个普通农妇的故事。诗没有分节,而是一写到底,有一气呵成的感觉。读完这首诗,我们大体了解了故事的内容。故事的主人公是个农妇,但是,曾经和她一起生活了三十五年的丈夫已经去世了,她因此成了寡妇。这一变故便是她春愁的原因。

从诗中我们知道,现在的季节是春天,新草出苗,李树和樱桃树都花开满枝。但是,这一繁花似锦的春景并没有让这个农妇感到高兴,反而让她感到越发地忧伤,因为这个春天与以往任何一个春天都不一样。今年春天,虽然新草仍旧出苗,百花依旧盛开,但是,她的丈夫已经不在了。这一幅春景带来的是春天依旧到,斯人却已逝的悲哀。所以,寡妇心中的哀伤比花朵还繁盛。丈夫在世时,春天的花儿让她感觉万分愉悦,而现在,她看到花儿便想起丈夫,所以不忍正视,转身避开,要把它们"忘个干净"。

---

① 威廉·卡洛斯·威廉斯:《威廉·卡洛斯·威廉斯诗选》,傅浩译,上海译文出版社,2015,第99-100页。

诗的下半部分提到了寡妇的儿子。儿子到远处的森林去,在那里看到了很多花,回来告诉母亲。这里我们可以读出两层意思:一是自从丈夫去世以后,寡妇已经不太出门。远处的森林有花了,她也不知道。另一层意思是,儿子知道母亲喜欢白花,所以回来告诉母亲这个消息。再者,母亲因父亲去世感到悲伤,还没有从丧夫的伤痛中缓过神来,儿子心疼母亲,希望这个消息能够让母亲多少高兴一点。

儿子的希望是否落空了呢?我们来看看诗的最后几行:"我觉得想要/去那里,/跌入那花丛中,/沉入近旁的沼泽里。"母亲听了儿子告诉他的事情,觉得也想去那里。她想淹没在花丛中,沉入近旁的沼泽里。有一种解读是,寡妇还是沉浸在丧夫的悲伤中不可自拔,觉得自己宁愿随他而去。所以,淹没在花丛中和沉入沼泽是象征着宁愿自己也死去。还有一种解读是,这象征着一种新生。也就是说,一直沉浸在丧夫伤痛中的农妇意识到自己一直这样下去是不行的。死者已去,生者还得继续活着,一味悲伤和消极地生活是不可取的,还是应该振作起来,继续勇敢地活下去。所以,这淹没在花丛中和沉入沼泽是一种告别过去、重新开始生活的象征。从文学解读的角度来说,这两种解读都是成立的。

四、威廉斯的其他诗歌

The Red Wheelbarrow

so much depends

upon

a red wheel

barrow

glazed with rain

water

beside the white

chickens.

红独轮车

许多都取

决于

一辆红独

轮车

雨水鬃得

锃亮

挨着那群

白鸡①

---

① 威廉·卡洛斯·威廉斯:《威廉·卡洛斯·威廉斯诗选》,傅浩译,上海译文出版社,2015,第99-100页。

【作品赏析】

　　这首诗很短,两行为一节,共有四节,但是每行的文字都很少,双行还都只有一个单词。其实,大家仔细读一下就会发现,这就是一个完整的句子:So much depends upon a red wheel barrow glazed with rain water beside the white chickens. 可能有人要问,难道把一个句子分行就变成诗歌了吗? 这个问题只能这么回答:有的诗歌确实是把句子分成诗行的,但是,并非把所有句子分行了就能变成诗歌。因为诗歌讲究的除了意思,还有意境。如果不是自由体诗歌,还得讲究韵律和节奏。所以,分行后能不能成为诗歌,这得由有没有诗意来决定。读完译文我们可以发现,中文译文读起来就已经不是一个句子分行了。原来双行只有一个单词,译文变成双行都是两个字。但是,这个译文还是比较接近原诗的形式的。

　　有道是:诗画不分家。作为艺术表达的两种形式,诗歌和绘画各有自己的特点:诗歌是通过文字来展现艺术效果,而绘画则是通过画面和色彩来展现艺术效果。但诗歌和绘画是有交集的:从诗歌中往往能够读出某种画面;同样,从绘画中,也可以看出某种诗意。威廉斯是个对色彩特别敏感的诗人,因此,他的诗歌画面感也很强。这首诗就是一个典型的例子。在这首诗中,威廉斯是如何呈现出画面感的呢? 诗里出现的主要物件自然是独轮车,但这辆独轮车的颜色非常鲜艳,是大红色的。这红色的独轮车停在农家的院子里,自然非常抢眼。由于是雨后,独轮车上还存留着雨滴,这就给了独轮车一点鲜活的感觉。还不止于此:独轮车旁边,有一群白色的鸡。至此,一幅动静相间的画面呈现在我们面前:雨后初晴,放在院子里的独轮车经过雨水冲洗,显得干干净净,锃亮无比;而且,独轮车上还有雨珠留存,给独轮车增加了些许动感。一群白色的鸡,在雨后出来活动,在独轮车旁边走来走去。如果没有动态的鸡群,这幅画只是静物画。有了动态的鸡群,这幅画便有了动感。至此,一幅农家院子里的农趣图出现在我们面前。再者,从色彩方面来说,红色的独轮车和白色的鸡群一红一白,形成了强烈的对比,给人带来强烈的视觉冲击,这也是这首诗画面感很强的一个方面。

但这首诗告诉我们的还不止这些。诗人说:"许多都取/决于/一辆红独/轮车。"这里的"许多"指的是什么? 我们知道,独轮车是一种运输工具,这种工具是靠人力来推动的。从诗人字里行间的意思可以推测,这辆独轮车对这家人来说很重要。也许这是他们家唯一的一种运输工具,家里所有比较重的东西都要靠这辆独轮车来运输;没有这辆独轮车,很多事情就无法解决。也许这家人的生计都要依靠这辆独轮车也未可知。就这样,威廉斯这首诗给读者留下了丰富的联想。

Complaint

They call me and I go.

It is a frozen road

past midnight, a dust

of snow caught

in the rigid wheeltracks.

The door opens.

I smile, enter and

shake off the cold.

Here is a great woman

on her side in the bed.

She is sick，

perhaps vomiting，

perhaps laboring

to give birth to

a tenth child. Joy! Joy!

Night is a room

darkened for lovers，

through the jalousies the sun

has sent one gold needle!

I pick the hair from her eyes

and watch her misery

with compassion.

怨　言

他们给我打电话，我便去了。

午夜已过

路已结冰，雪

尘堆积

在坚硬的车辙里。

房门开了。

我微笑着走进屋，

抖落身上的寒意。

这是个伟大的女人

侧躺在床上。

她正不舒服，

也许在呕吐，

也许在临盆

诞下

第十个孩子。高兴！高兴！

黑夜是个专为恋人

变暗的房间

透过百叶窗，太阳

射入了一枚金针！

我从她眼里取出那根头发

充满同情地

注视着她的苦难。①

【作品赏析】

　　威廉斯是个医生，一辈子在家乡行医，因为职业的关系经常接触到周边的普通民众。他的诗歌来源于生活，很多就是他亲身经历的事情。这首诗就是例证之一。读完诗我们可以发现，这就是作为医生的威廉斯一次出诊的真实记录。他接到电话，请他去出诊。作为医生，治病救人，救死扶伤，这是义不容辞的责任。他没有犹豫，没有推诿，没有拒绝，而是"他们给我打电话，我便去了。"接下来的诗句让我们知道了时间和季节。时间是"午夜已过"，季节是冰冷下雪的冬季。也就是说，这是一个冬天的深夜。在这样的时间出诊，而且毫不犹豫，这越发显出了

---

　　①　William Carlos William，*Selected Poems of William Carlos Williams*（New York：New Directions Books，1968），p.23.李美华译。

医生难能可贵的医德。他为了病人,可以克服一切困难。到了目的地,他没有因为在寒冷的冬夜赶路而懊恼或生气,反而是带着微笑走进屋里,抖落身上的寒意。要知道,这种时候,医生的微笑能给病人及其家属带去多大的温暖和安慰。

终于见到了病人,其实不是病人,而是一个正在临盆的女人,她正在生她的第十个孩子。母亲是伟大的,因为生产的过程是个痛苦且危险的历程。可这个母亲,已经是第十次在遭受临盆生产的痛苦。所以,医生一见到女人,就称她为"伟大的女人"。经过痛苦,孩子终于诞生,于是,大家都感到高兴。高兴的不但是产妇,还有家属,更有医生。所以,诗人连续用了两次"高兴"来表达产妇终于顺产的快乐。关于太阳的两句诗也很关键。诗中说:"透过百叶窗,太阳/射入了一枚金针!"我们知道,在诗的开始,医生出发去接生时是午夜过后,但是现在,太阳已经出来了,屋内射进了一缕阳光。也就是说,现在已经是早晨了。产妇经过一个晚上的煎熬,终于在清晨顺利地把婴儿生了下来。此时的产妇已经精疲力竭,头发也遮住了眼睛。这个细节告诉我们产妇痛苦的程度——一定是披头散发,奋力挣扎,忍受剧痛,才完成了这一过程。而现在,孩子降生了,产妇也精疲力尽了,连把头发从眼睛上撩开的力气也没有了,所以只好由医生来帮助她。作为医生,虽然也工作了半夜,但是,跟产妇的辛苦相比,医生的劳累就不算什么了。所以,医生还能对产妇表示同情,能够"充满同情地/注视着她的苦难"。

这首诗为我们描述了医生出诊去为一个产妇接生的全过程。一首貌似写实的诗,却为读者传达了几个信息。第一是医生的医德。诗中的医生是个好医生。接到产妇家的求助,毫不犹豫便在深夜冒着严寒出发了。第二是赞美了母性的伟大。母亲的伟大首先体现在必须经过痛苦的临盆才能成为母亲,这种伟大是要以付出痛苦为代价的。第三,诗中还体现了医生的同情心。从深夜出诊,微笑进屋,与母亲共同努力直至孩子降生,到最后带着同情心看着母亲,这一切都体现出了医生的同情心。

This Is Just to Say

I have eaten

the plums

that were in

the icebox

and which

you were probably

saving

for breakfast

Forgive me

they were delicious

so sweet

and so cold

特此说明

我吃掉了

放在

冰箱里的

李子

那可能

是你

省下来

当早点的

请原谅

它们很好吃

那么甜

又那么冰。①

【作品赏析】

　　这是一首短诗,诗的题目叫《特此说明》。说明的是什么呢?从字面上看,诗的内容很简单。第一节其实就是一个句子要表达的意思:诗中的"我"吃掉了放在冰箱里的李子。第二节是个定语从句,修饰李子,说明这李子是"你"本来省下来当早点的。第三节是吃了李子后表达的歉意,也说明为什么吃了李子。所以,有人认为这首诗其实就是一张贴在冰箱上的便条,告诉对方他忍不住吃掉了冰箱里的李子,发现李子又甜又冰,非常美味。可是,对方是要留到早餐时候享用的,现在却被

---

　　① 威廉·卡洛斯·威廉斯:《威廉·卡洛斯·威廉斯诗选》,傅浩译,上海译文出版社,2015,第 200 页。

"我"提早吃掉了。

　　但是，对于这首诗的主题，还有不同版本的解读。有人认为李子象征的是诱惑，这首诗说的是没有抵挡住诱惑。还有人认为李子象征着男欢女爱，本来这一行为是应该等到结婚时才做的，但是，一方等不及了，让这一行为提早发生。也就是说，有了婚前的欢愉，且发现这种欢爱非常令人愉悦。这些解读有没有说服力？大家可以再去认真地读一下这首诗，然后再思考一下。有人说，好的诗歌就是能使人产生丰富联想的诗歌。从这个角度来说，这首诗也可以被称为一首好诗。

8

埃兹拉·庞德的诗歌

一、庞德简介

埃兹拉·庞德(Ezra Pound，1885—1972)是美国意象派诗歌的代表人物。他出生在美国的爱达荷州，但成长和受教育大都在宾州。在宾夕法尼亚大学读书时，庞德与后来同样成为美国著名诗人的威廉斯和 H.D.(Hilda Doolittle)成了好朋友，和 H.D.还擦出了爱情火花，但因 H.D.父亲的反对而未能走到一起。1898 年，年仅 12 岁的庞德跟随母亲一起到欧洲旅游，去了英国、德国、法国、意大利和西班牙等国的大城市。这次游历对庞德的影响很大，让他眼界大开。这以后，庞德又去了欧洲两次。1908 年，庞德再次来到欧洲，并在伦敦定居下来，自此成了伦敦文坛的重要人物。他不但在伦敦发表了自己的作品，扩大了自己的名声，而且还发掘了很多文学新人。

在伦敦，庞德还参加了两次现代主义文学运动。第一次是意象主义运动，第二次是旋涡主义运动。在伦敦期间，他会同一些英国诗人发起了意象派运动。后来，美国诗人 H.D.和英国诗人理查德·阿尔丁顿(Richard Aldington)也加入了这一行列，成了意象派诗歌的主要成员。这一诗派崇尚诗歌创作以自由体为主，用词具体、精炼，绝不使用无益于表达的词，也不使用抽象的词，善于抓住瞬间的意象用以表达，以加强读者的联想。1914 年，诗集《意象主义》出版，收录了包括庞德、洛威尔、威廉斯和 H.D.等著名诗人的作品。洛威尔来到伦敦后，从 1915 年起连续三年推出意象派诗歌选集，这令庞德大为反感。他认为洛威尔偏离了他的意象主义主张，庞德自此转向漩涡主义。旋涡主义本是绘画领域的一个流派,反对模仿性艺术,强调抽象与敏锐,显示出立体主义和未来主义的影响。旋涡主义反对 19 世纪的感伤主义,赞赏暴力和机器及它们带来的力量。

庞德的处女作是《熄灭的蜡烛》(*A Lume Spento*),出版于 1908 年,仅印了 100 本,没引起什么反响。但接下来,庞德在诗歌创作方面的实验性尝试以及他在中世纪文学方面的知识为他赢得了关注的目光。1909 年起,他陆续出版了多部诗集,包括《面具》(*Personae*,1909)、《狂喜》(*Exultations*,1909)、《普罗旺斯》(*Provenca*,1910)、《短歌》(*Canzoni*,1911)和《还击》(*Ripostes*,1912)。1913 年至 1915 年,庞德置身于意象主义和旋涡主义之中。1914 年的第一本《意象派选集》(*Des Imagistes:An Anthology*)中,庞德有六首诗歌入选。1916 年,庞德出版了《仪式》(*Lustra*,1916)一书,展现了他对现代主义诗歌的初步探索。1920 年,《休·塞尔温·莫伯利》(*Hugh Selwyn Mauberley*)出版,这是庞德诗人生涯的一个重要转折点,因为"它标志着庞德向伦敦学界及其审美趣味挥手告别,同时饱含着诗人对英美现代社会的辛辣讽刺"。[①] 1920 年,庞德移居巴黎,这以后的大部分时间都用于创作《诗章》(*The Cantos*)。

《诗章》是庞德最重要的诗歌作品,也是英美现代诗的扛鼎之作。庞德在这部重要作品中展现了神话主题、对现代社会的批判、对他所认为的杰出统治者的赞扬、对中国儒教文化的认同、对美国历史和中国历史的重新解读、对自己的梦想及创作进行的反思等等。《诗章》是一部历史性的作品,是庞德花费了一生中大部分时间写成的佳作。遗憾的

---

① 蒋洪新:《庞德研究》,上海外语教育出版社,2014,第 185 页。

是，这部作品最后并没有写成，只完成了 117 章。1972 年，这部作品的创作因为庞德的离世而终止。

除了诗歌创作，庞德在翻译方面也做出了很大贡献。他的译作《华夏集》(*Cathay*)是根据厄内斯特·费诺罗萨的中国笔记整理出来的一本译诗集，于 1915 年出版。费诺罗萨是美国人，曾经在日本东京大学任哲学教授，后任日本帝国政府的艺术研究员。他对中国诗歌和日本诗歌都有独到的研究。费诺罗萨去世后，庞德有幸从他的遗孀那里得到了他的遗稿。当时的庞德并不懂中文，他在两位日本朋友的帮助下，根据费诺罗萨稿件中的中文原文、日本读音和对每个字的释义与理解，整理出英文版诗歌，结集出版成《华夏集》，最终使该书成了英美现代派诗歌的主要作品之一。1936 年起，庞德开始学习汉语，他渐渐对中国儒家文化产生了兴趣，非常认同孔子靠"仁"治理天下的理念。因为对中国文化特有的兴趣，庞德后来又翻译了一些中国古典作品，如《诗经》《论语》《大学》《中庸》以及《孟子》的部分章节。

庞德于 1924 年到了意大利。二战爆发后，庞德为罗马电台发表反美广播讲话，后被俘监禁。在诸多同行的共同努力下，庞德出狱，后又到了意大利，直至 1972 年去世。

二、庞德的意象诗

A Girl

The tree has entered my hands，

The sap has ascended my arms，

The tree has grown in my breast—

Downward，

The branches grow out of me. Like arms.

Tree you are，

Moss you are，

You are violets with wind above them.

A child—so high—you are.

And all this is folly to the world.

女　孩

树长进我的手心，

树汁升上我的手臂，

树在我的前胸

朝下长，

树枝像手臂从我身上长出。

你是树，

你是青苔，

你是轻风下的紫罗兰；

你是个孩子——这么高，

这一切，世人都看作愚行。①

---

① 赵毅衡编译:《美国现代诗选》(上)，外国文学出版社，1985，第 41-42 页。

【作品赏析】

庞德既然是意象主义诗派的代表人物,在意象诗创作上自然有非凡的成就,《女孩》就是一首典型的意象派诗歌,同时也是一首爱情诗。题目《女孩》其实就是恋人的象征。在诗的第一节,诗人用树的意象来象征恋人,这个恋人就像一棵树一样,长进了诗中的"我"的身体里,从进入"我"的双手开始,树汁进入了"我"的双臂。我们知道,树液是树里面的东西,一般都是看不到的。所以,这棵树,不但是外部,而且连同内部都进入了"我"的双臂。接着说树长进了"我"的胸部。胸部是人体最重要的部分,是我们最重要的器官——心脏所在的地方,所以,树在"我"的胸部生长,说明"恋人",也就是这棵树,对"我"来说是非常重要的。从胸部再顺势往下长,树的枝条又从"我"的身上长出来,像是变成了"我"的手臂。这个"女孩"和"我",作为恋人,互相爱慕,心心相印,各自都已经进驻到对方的心里,这也就是凡人所希冀的"你中有我,我中有你"的境界,是爱的最理想的境界。

在诗的第二节里,诗人继续用一系列意象来象征这个恋人。"你是树",这是第一节表达的内容。"你是青苔",这里我们必须先了解一下青苔的生长特性。青苔是极易生长的植物,有水或者潮湿的地方就能生长,对生长环境要求不是太高;所以,我们看到青苔可以长在树皮上,长在水沟边,长在井壁上,长在屋瓦上,甚至长在石头上。青苔是生命力比较旺盛的植物,换句话说,就是比较有活力的植物。此外,绿色代表生命,也象征希望。所以,用青苔来象征恋人,寓意自然是很好的。接下来,诗人用"轻风下的紫罗兰"来象征恋人。紫罗兰是美丽的花,而紫色又代表高贵,风中摇曳的紫罗兰是浪漫、高贵、漂亮的景致,用来形容恋人自然是很美的意象。

但是,在这首诗的最后两行,诗人从植物意象转向人的意象,说恋人是"已经长高的孩子"。"这么高"指恋人已经是成年人,身高自然不像孩子那么矮了,但在"我"的眼里,恋人还是个孩子。孩子是天真、纯洁的象征,所以恋人常用"宝贝"来称呼彼此。总之,在诗的第二节中,诗人用了树、青苔、紫罗兰和孩子四个意象来形容恋人。

诗的最后一句似乎令读者颇为费解——既然前面说恋人那么好,怎么又全盘否定了前面的说法呢?为什么说这一切都是愚行呢?要理解这句诗,我们要注意到最后的关键词,就是"这个世界","这个世界"指人类社会,也就是世俗的世界。在情人眼里,恋人是完美的,什么都好;但是,对于不是身处恋爱状态中的人来说,恋人们的痴情和甜言蜜语等等都是愚蠢透顶的,甚至是可笑的。这句话既道出了这个现象,同时又表明了诗中"我"的立场:"我",作为恋爱中人,是不属于"这个世界"的。所以,对他们来说,"我"的行为很愚蠢,可对"我"和"我"所爱的女孩来说,却一点也不愚蠢。

In a Station of the Metro

The apparition of these faces in the crowd;
Petals on a wet, black bough.

地铁站

人群中出现的那些脸庞,
潮湿黝黑树枝上的花瓣。[1]

---

[1] 赵毅衡编译:《美国现代诗选》(上),外国文学出版社,1985,第 46-47 页。

【作品赏析】

这是庞德诗歌中很有名的一首，虽然只有短短的两行，却是很多选集的必选诗之一。这首诗之所以有名，是因为它的简短，因为它的独特，因为其表达的寓意，当然还因为庞德的大名。关于此诗，庞德曾经说过，1911 年，他在巴黎。一天，从地铁下来，猛然间看到一张漂亮的面孔，然后又接二连三地看到漂亮的面孔，有孩子的，也有女性的。那天回家以后，他一直试图用言语描述那种场景和感觉，但一直找不到合适的词句。过了几周，他突然想到了合适的表达方式，于是，他写了一首三十行的长诗。六个月后，他把这首诗的长度缩减一半。又过了一年，他再次把它缩短，成了现在的两行诗，类似日本俳句。

俳句是一种有特定格式的诗歌。俳句的创作必须遵循两个基本规则：第一，俳句由五、七、五三行十七个字组成，当然，这是以日文为标准的。第二，俳句中必定要有一个季语。所谓季语是指用来表示春、夏、秋、冬的季节用语。在季语中除"夏季的骤雨""雪"等表示气候的用语外，还有诸如"樱花""蝉"等动植物名称。另外，一些风俗习惯也多有应用。这些"季语"通常带着现代日本民众对于幼小时代或故乡的一种怀念眷恋之情。庞德的这首诗中，有花瓣，而且是开在湿润的树枝上的花瓣。所以，这里应该是指春天；但是，变成了英语以后，它已经不是严格的日本俳句，所以只能说是类似。

在这首诗中，庞德把看到的漂亮面孔比喻成花瓣，而黑色的树枝象征着地铁的铁轨。巴黎的地铁历史悠久，地铁的铁轨本身就是黑色的，时间长了以后，更是多了一份历史的积淀。而这些漂亮的面孔就是乘坐地铁的人，在诗人眼里，它们无疑成了开在铁轨上的花瓣。所以，诗人把人同没有生命的铁轨联系起来，面孔成了花瓣，铁轨成了花枝，整个地铁站顿时春意盎然,充满生机,这让我们不得不佩服诗人的奇特想象和表达。

三、庞德的译诗

The Jewel Stairs' Grievance

The jewelled steps are already quite white with dew,

It is so late that the dew soaks my gauze stockings,

And I let down the crystal curtain

And watch the moon through the clear autumn.

玉阶怨

李白

玉阶生白露,夜久侵罗袜。

却下水晶帘,玲珑望秋月。

【作品赏析】

庞德曾经以费诺罗萨的中国笔记为基础,整理出《华夏集》。这首诗便是《华夏集》中的一首。既然是译诗,一定有其原文,但我们还是先从庞德译诗的角度来欣赏一下这首诗。

在这首诗中,我们可以读到以下几个意象:玉阶、露水、罗袜,再就是水晶帘,最后是月亮。玉阶,就是汉白玉造的台阶,说明这个人的居所不是普通人能拥有的。罗袜也是很讲究的穿戴，普通劳动妇女自然不会穿罗袜。水晶帘就是用水晶制成的窗帘，同样说明这个居所的高贵。所以，从这三个意象里，我们已经可以推断出，这是一个富贵人家，主人公便是一个富贵人家的妇女，也就是一个贵妇人。

接下来说到露水。露水是只有在深夜才会出现的东西。这个妇人夜深了还待在室外，直到露水浸透罗袜了才不得不回到屋里。这说明这个妇人独自一人，丈夫没有陪在身边。也许，在美丽的月夜，她待在室外，是对着月亮想念不在身边的丈夫。这个丈夫可能是外出经商的商人，因久未归家引起了妻子对他的思念。这个人也可能就是皇宫里的皇帝。皇帝有三宫六院，很多妃子其实有名无实，如果不受宠，一辈子也见不到皇帝几次，更不用说皇帝能来和她一起共度良宵了。这些女人，也许早就被皇帝忘记了，但是，既为皇帝的妃子，再也不可能出宫嫁人，只能待在皇宫里终老一生。这些妃子心中的幽怨自然很深。但是，除了抒发自己的幽怨，却也无法改变自己的命运。

夜深了，思念无法把思念的人带来，所以，妇人只好回到屋里；可是，即使放下了水晶窗帘，月光依然透过窗帘照到屋里。妇人依旧无法入眠，只能对着清秋的月亮，继续自己的思念或者抒发自己的幽怨。大家可能已经意识到这是一首与中国文化相关的诗。其实，它就是我们唐代大诗人李白的一首诗，原诗的题目叫《玉阶怨》。

这首诗经由庞德翻译成英文。纯粹从英文角度来看，这也是一首典型的意象诗。从诗的意象里，我们不但能够知道妇人的身份地位，而且知道她当时的生活状态。于是，一幅贵妇幽怨图便呈现在我们面前：在一个皓月当空的夜晚，一个贵妇没有入眠，而是站在屋外望着夜空，若有所思。时间一点点过去，夜越来越深，露水出来了，湿透了妇人穿着的罗袜。妇人不得不回到屋里。她放下了水晶窗帘，也许还站在窗前，望着从窗帘里透进来的月光出神。也许，她已经宽衣解带躺在床上，但辗转难眠，仍然望着月光愁怨不已。这幅情景，俨然是一幅诗画相融的画面。

四、庞德的其他诗歌

Salutation

O generation of the thoroughly smug

    and the thoroughly uncomfortable，

I have seen fishermen picnicing in the sun，

I have seen them with untidy families，

I have seen their smiles full of teeth

    and heard ungainly laughter.

And I am happier than you are，

And they were happier than I am；

And the fish swim in the lake

    and do not even own clothing.

敬　礼

哦自大透顶的一代，

别扭透顶的一代，

我见过渔民在阳光下野餐，

我见到他们一家衣衫破烂，

我见过他们咧嘴笑着，

听过他们粗野的狂笑。

我比你们远为幸福，

而他们又比我幸福多倍；

鱼在水中乐，

连衣服也没有。①

【作品赏析】

在这首诗中，庞德向我们描述了三种人。第一种是头两句描述的，那些抱着传统不放、令人极不舒服的人，但这些人总是沾沾自喜，认为自己才是人们效仿的对象。第二种人就是诗中所说的渔民。渔民似乎是无拘无束的，他们在阳光下野餐，肆无忌惮地大笑，把全部牙齿都露了出来，也就是露出了不雅的样子。他们的家人穿得也不整洁。但是，他们和家人在一起，开心而快乐。虽然别人觉得他们不太雅，但他们毫不在意。第三种则是水里的鱼儿。诗人觉得，水里的鱼最自由自在，连衣服也不用穿，也就是说，鱼儿是最幸福的，它们不受任何约束，人类不能把任何清规戒律强加在它们头上。如果能做像鱼儿一样的人，那是最幸福的。遗憾的是，是人都做不到。

在诗中，庞德还表明了自己的态度：他觉得自己比第一种人幸福，因为自己不是死抱着传统不放的人。这一点，也许我们可以从庞德创

---

① 赵毅衡编译：《美国现代诗选》（上），外国文学出版社，1985，第 45 页。

立意象派诗歌得到解释。正因为对传统诗歌不满，他才要创新，于是有了新的诗歌流派——意象派。但是，他觉得渔民又比他来得幸福，因为他们无拘无束。虽然他们的行为在别人眼里不太雅观，但他们无所谓，照样我行我素地过着自己的日子。不过，不管是诗人自己还是渔民，相对于连衣服都不用穿的鱼儿，还是不如鱼儿来得自在。

可以看出，对第一种人，庞德是摒弃的。他自己也把自己从这群人中分离了出来。对于渔民，他既肯定他们的自由自在，又否定他们，觉得他们的行为虽然怡然自得，但是并不雅观。对于鱼儿，诗人是全力推崇的。从诗歌创作的角度说，庞德认为，诗人既不能像第一种人一样死抱着传统不放，不思创新和改革，也不能像渔民一样粗俗不雅，必须像鱼儿一样，不受约束，自由自在，这样才能创作出真正的艺术作品来。

A Pact

I make a pact with you, Walt Whitman—

I have detested you long enough.

I come to you as a grown child

Who has had a pig-headed father;

I am old enough now to make friends.

It was you that broke the new wood，

Now is a time for carving.

We have one sap and one root—

Let there be commerce between us.

契　约

我要跟你订一个契约，华尔特·惠特曼——

我憎恨你很久了，

我孩提就知道你

有一个猪脑袋父亲，

我现在长大了，可以交朋友。

是你砍下新木头，

现在该雕刻。

我们有树汁和树根——

让我们做笔生意吧。①

[作品赏析]

　　这是一首庞德写的关于自己和惠特曼关系的诗，当然，这不是说庞德和惠特曼是朋友。惠特曼是 19 世纪美国诗人，被誉为"美国诗歌之父"，因为他开创了美国诗歌的新时代。惠特曼的《草叶集》出版的时候，庞德还未出生。惠特曼去世的时候，庞德也才 7 岁，所以，他们不可能是同时代人。但是，生活在 19 世纪的惠特曼是在美国文学传统由旧转新时期的开拓性人物。1855 年，《草叶集》问世。这部新颖的诗集从内容到形式、从思想到语言都一反美国诗歌甚至整个英语诗学传统，给诗坛带来了一股清新的风气。《草叶集》的出版无疑是石破天惊的大事，而惠特曼惊世骇俗的创作不可能受到当时文学界的全盘接受。美

---

　　① 蒋洪新编译：《庞德研究》，上海外语教育出版社，2014，第 131-132 页。

国文学界先是对之冷落,继而是嘲讽和谩骂。一时间,惠特曼成了很多守旧文人攻击和批评的对象。但是,惠特曼的诗歌,特别是他的《草叶集》,打破传统的诗歌格律,用自由体形式创作,歌颂美国性,这些无疑都给后辈诗人带来了影响。庞德对惠特曼的态度也经历了一个过程,这就是诗中说的从"憎恨"到"交朋友"的过程。

庞德在诗中说,"我憎恨你很久了",而蒋洪新在他的专著《庞德研究》一书中也曾说过:"年轻的庞德承认自己阅读惠特曼的许多诗歌带着痛苦"[1],因为读起来带着痛苦,而不总是有愉悦感,产生讨厌的情绪也就合情合理了。但是,随着年龄的增长,就如庞德在诗中说的,"我现在长大了",庞德有了自己的判断,有了自己的喜好,形成了自己的诗观,对惠特曼也就有了更多的理解和认同,换句话说,就是改变了自己过去对惠特曼的态度,开始"走向"惠特曼。

诗中还有这么两句:"是你砍下新木头,/现在该雕刻。"这两句是庞德对惠特曼的高度评价。惠特曼是开创美国诗歌新时代的诗人,打破了传统的格律,采用自由体创作,这是一种全新的诗歌形式,与过去的美国诗歌都不一样,所以,庞德说惠特曼"砍下新木头",这新木头是可以"雕刻"成艺术品的良木,而不是腐朽的老木。这里说的正是惠特曼的诗歌给美国诗坛带来的变化。

诗的最后两句,意思就更加明显了。庞德认为自己和惠特曼属于同一种树木,有同一种树汁,同一条树根。这意思就是说自己和惠特曼有着本质上的相同之处。既然如此,自己和惠特曼是可以成为好朋友的。他所说的要和惠特曼订契约,就是指自己从"憎恨"惠特曼到"走向"惠特

---

① 蒋洪新:《庞德研究》,上海外语教育出版社,2014,第 129 页。

曼,并最终与之交好的过程。蒋洪新也在《庞德研究》中写道:"惠特曼所提出的诗学主张如'朴实'、'自然'以及诗的自由产生的节奏规律与庞德后来意象主义的原则是吻合的。"所以,曾经讨厌惠特曼的庞德,"写作某些诗篇时,发现自己用上了惠特曼的节奏"①。也就是说,庞德对惠特曼,从最初的"讨厌",到后来的认同,最后是吸收,与惠特曼的关系就这么越走越近了。所以,帕里尼(Parini)在《哥伦比亚美国诗歌史》中说:"在这首诗歌中,庞德承认了惠特曼是真正的美国诗歌之父,他是个开拓新的疆土的诗人,为诗歌所讴歌的辽阔的新大陆找到了与之匹配的声音。"②

作为 20 世纪意象派诗歌的代表人物,庞德名扬欧美文学界,以他非凡的现代主义诗歌成就为美国文学和世界文学做出了杰出的贡献。

---

① 蒋洪新:《庞德研究》,上海外语教育出版社,2014,第 129 页。

② Jay Parini, Introduction to *The Columbia History of American Poetry*, by ay Parini and Brett G. Millier(Beijing: Foreign Language Teaching and Research Press, 2005)Pxv.

9

希尔达·杜利特尔(H.D.)的诗歌

一、杜利特尔简介

  希尔达·杜利特尔（Hilda Doolittle，1886—1961）是美国著名女诗人，笔名 H.D.，在文坛上，她更为人所知的是她的笔名。她出生于宾夕法尼亚州，母亲是个有艺术天分的人，父亲是个天文学家。H.D.多才多艺，除了写诗，她还有小说和非小说问世。此外，她还做过演员，早年演过的角色都曾为她赢得赞誉。H.D.的诗歌开始以意象派为主，她的初恋情人就是意象派诗歌的代表人物庞德，两人经常在一起读诗论诗，还相互赠诗，甚是情投意和。但是，两人的关系因为 H.D.父亲的坚决反对而宣告无果，他们最终没有走进婚姻殿堂。后来，H.D.创作了小说《痛苦的结束》（*End to Torment*，1958），写的就是她和庞德早期相恋以及之后共同从事文学创作活动的经历。她后来采用的笔名 H.D.也是庞德为她取的。

  1911 年，H.D.到了欧洲。这时，先于她来到欧洲的庞德不计前嫌，对她伸出友谊之手，把她介绍给伦敦的一些文学圈子。也就是在伦敦的时候，H.D.认识了后来成为她丈夫的诗人理查德·阿尔丁顿。1916 年，H.D.的第一部诗集《海园》（*Sea Garden*）出版。同年，阿尔丁顿应征入伍，但战争让他整个人都变了，战争期间和战后他都有婚外情，这给 H.D.带来了沉重的打击，开始怀疑婚姻。1918 年，布丽尔来到 H.D.身边，两人的交往始于布丽尔对 H.D.诗歌的推崇和迷恋，自此她们成了终生的伴侣和知己。接下来的几年，在布丽尔的陪伴下，H.D.在欧洲很多地方游历，特别是希腊和埃及，这对 H.D.之后的诗歌创作影响很大。1921 年到 1931 年之间，H.D. 先后出版了四部诗集和一部诗剧，它们是《婚姻之神》（*Hymen*，1921）、《海里奥道拉》（*Heliodora*，1924）、《诗集》（*Collected Poems*，1925）、《装饰青铜的红玫瑰》（*Red Roses for Bronze*，1931）和《海普利特斯的妥协》（*Hippolytus Temporizes*，1927）。H.D.虽然跟丈夫的关系已经出现裂痕，但婚姻关系还维持着。婚姻生活的不幸以及生活中的其他不顺都给 H.D.带来了沉重的心理打击。1933 年到 1934 年间，她找著名的心理医生弗洛伊德做过心理治疗。故此，H.D. 称自己是弗洛伊德的学生，而弗洛伊德则称 H.D.是他的心理分析对象。后来，H.D.写了一本小说化的回忆录《致敬弗洛伊德》（*Tribute to Freud*，1956），其中便有这段时间的印记。1938 年，H.D.和阿尔丁顿的婚姻宣告结束。

第二次世界大战期间，H.D.和布丽尔住在伦敦，而这也是 H.D.创作的高峰期。她在英国拜访朋友，和美国的朋友保持通信。也就是在这个时候，她的诗歌创作开始转向，渐渐地偏离意象派，最终和意象派彻底决裂，开始转向传统的史诗题材，书写战争和暴力等，代表作品就是她的三首长诗，分别为《墙没有倒下》（*The Walls Do Not Fall*，1944）、《给天使的献礼》（*Tribute to Angels*，1945）和《开花的杖》（*The Flowering of the Rod*，1946），这三首长诗后来以《战争三部曲》（*War Trilogy*）为名于 1971 年出版。

二战以后，H.D.结束了心理分析治疗，但却迷恋神秘主义。这种沉迷使她的健康受到影响，几次精神崩溃，她只好又回到瑞士治疗。此时她年已六十，步入晚年，但笔耕不辍，创作成果颇丰，包括《在埃汶河畔》（*By Avon River*，1949）、《海伦在埃及》（*Helen in Egypt*，1961）、《致敬弗洛伊德》、《痛苦的结束》（*End to Torment*，1958）和《神秘术定义》（*Hermetic*

Definition，1972)。《吩咐我活下去》(*Bid Me to Live*，1960)是 1949 年完成的,但直到 1960 年才出版。《神秘术定义》则是她去世后才出版的。

  H.D.的大部分时间都是在欧洲度过的。在欧洲广泛的游历给她的创作带来大量的灵感。一开始,她的作品主要都在欧洲发表,后来,美国意象派诗人艾米·洛威尔把 H.D.的诗歌介绍给了美国读者。H.D.的作品从此在欧美两地都为人所知,名声大噪。1960 年,H.D.获得了美国文学艺术学院颁发的诗歌奖,成了获此殊荣的第一位女诗人。

二、杜利特尔的生活诗

Mid-day

The light beats upon me.

I am startled—

a split leaf crackles on the paved floor—

I am anguished—defeated.

A slight wind shakes the seed-pods

my thoughts are spent

as the black seeds.

My thoughts tear me，

I dread their fever.

I am scattered in its whirl.

I am scattered like

the hot shriveled seeds.

The shriveled seeds
are split on the path—
the grass bends with dust，
the grape slips
under its cracked leaf：
yet far beyond the spent seed-pods，
and the blackened stalks of mint，
the poplar is bright on the hill，
the poplar spreads out，
deep-rooted among trees.

O poplar, you are great
among the hill-stones，
while I perish on the path
among the crevices of the rocks.

正　午

阳光打在我身上。

我吃了一惊——

一片残败的落叶在砖地上翻滚——

我痛苦不已——被击垮。

微风摇曳着豆荚

我的思绪分崩离析

犹如黑色的种子。

我的思绪撕扯着我，

我害怕它们的燥热。

我在其旋涡中粉身碎骨

就像种子在炎热中

枯萎收缩

收缩的种子

开裂在小路上——

草叶落满尘土，不堪重负，

葡萄

挂在开裂的叶子下面：

然而，远离不再有用的豆荚

和薄荷黑色的茎，

白杨立在小山上，鲜活明亮。

白杨枝繁叶茂

根深深扎进树林间。

哦，白杨，在山石丛中，

你真伟大，

而我在岩石缝隙中的

小道上

毁灭死亡。①

【作品赏析】

  H.D.是意象派诗歌的代表人物,而意象派诗歌很注重瞬间的感觉。这首名为《正午》的诗,就表达了诗人在正午时分的感觉。可以看出,它在结构和格律上并不工整,共有四节,但每一节的行数不等,也没有押韵。这是典型的意象派诗歌。在这首诗中,诗人采用的意象向读者传递了一种痛苦不堪的感觉。第一节,诗人明确表明,她所要表达的是一种被打败的痛苦的感觉,也就是第一节中说的:"我痛苦不已——被击垮。"这种时候,连照在身上的阳光也在击打着"我","我"则像掉落在人行道上的落叶,不是完整的一片,而是残败不堪的。

  诗歌的第二节,诗人继续用自然界中的植物象征诗中的"我"的心情。微风在吹着豆荚。这里的豆荚是指某种植物,开花后会结出豆荚,而种子就在豆荚里面。微风吹过,长条形的豆荚随微风摇曳,这让"我"想到了豆荚里黑色的种子,用此来比喻自己的思绪:"我的思绪分崩离析/犹如黑色的种子。"思绪在狂热地撕扯着"我",它们的热度让"我"害怕。"我"仿佛被这股热浪卷在其中,无力阻挡,于是只能像灼热的枯萎的种子,魂飞魄散。所以,在诗人的描绘中,"我"已经被"思绪"彻底打败,也行将分崩离析了。

  在第三节中,诗人继续用一些令人难过的意象来形容痛苦的心情:小路上有枯萎的种子,却已经是破裂开的。杂草上落满灰尘,毫无生机。而葡萄虽然挂在枝上,叶子却是破损不全的。豆荚已经枯干,薄荷

---

  ① Hilda Doolittle, *H.D: Collected Poems* 1912—1944(New York: New Directions Books, 1983),p.10.李美华译。

茎也是黑色的。但在这一节的最后,诗人描写了小山上的白杨树,它根深叶茂,生机勃勃:"白杨立在小山上,鲜活明亮。/白杨枝繁叶茂/根深深扎进树林间。"这里写生机勃勃的白杨,是为了跟痛苦的"我"做对比。所以,在诗的最后一节,诗人说白杨树虽然生长在小山上的乱石丛中,却生机勃勃,而同样处境艰难、位于岩石夹缝中的小道上的"我"却毁灭死亡。这首诗表达了诗人强烈的被打败后的绝望之情。

Helen

All Greece hates
the still eyes in the white face,
the lustre as of olives
where she stands,
and the white hands.

All Greece reviles
the wan face when she smiles,
hating it deeper still
when it grows wan and white,
remembering past enchantments
and past ills.

Greece sees, unmoved,
God's daughter, born of love,
the beauty of cool feet

and slenderest knees,

could love indeed the maid,

only if she were laid,

white ash amid funereal cypresses.

海　伦

所有的希腊人都憎恶

那白皙的脸庞,那温柔的目光,

那挺立着的

如橄榄般的光辉,

那白皙的双手。

所有的希腊人都咒骂

微笑时,那倦怠的脸,

更痛恨

那愈发白皙、慵懒的容颜,

回想起往昔的欢喜

过去的悲怨。

希腊人看到,无动于衷,

神的女儿,为爱所生,

美丽的足踝

纤细的双膝;

爱这少女,

当她静卧柏丛，

尸骨如灰。[①]

【作品赏析】

H.D.对希腊文化和埃及文化都很感兴趣，在欧洲的时候，她曾经和布丽尔一起到希腊游历。希腊神话自然是 H.D.所热衷的，这首诗歌的主题便与希腊文化有关。海伦是希腊神话中的美女，是人间最漂亮的女人。她出生时，便被神赋予一种独特的能力，可以模仿任意一个女人的声音。长大后，她和特洛伊王子帕里斯私奔，引发了著名的特洛伊战争。以阿伽门农及阿喀琉斯为首的希腊军进攻帕里斯及赫克托尔为首的特洛伊城，攻城战延续了十年，给百姓造成极大的痛苦。当时及后世很多人都把海伦当成罪魁祸首，认为正是因为争夺海伦才导致特洛伊战争。所以，所有的希腊人都憎恶海伦，咒骂海伦。那么，海伦真的是特洛伊战争的罪魁祸首吗？其实，海伦只是发动战争的借口，真实原因是亚细亚各君主对地中海沿岸最富有的地区早已垂涎三尺，于是结成盟军，推举阿伽门农为统帅，意图占为己有。

H.D.的诗直接以海伦为题，全诗用希腊人的口吻对海伦予以严厉的斥责。在希腊人眼里，海伦身上一切美的象征都成了罪过。她白皙的脸庞和双手、美丽的眼睛、淡然的微笑，甚至她置身其中的象征和平的橄榄枝，都遭到希腊人的痛恨。他们似乎也承认海伦高贵的身份，因为她是神的女儿，是爱情的结晶，就身体本身而言是很美丽的，连双脚和膝盖都透出美感，但是，一想到她的魅力导致的战争和灾难，他们就

[①] 杨金才：《新编美国文学史》（第三卷），上海外语教育出版社，2002，第93-94页。

美国经典诗歌赏析

186

不能接受她了，唯有一种情况可以例外，那就是当海伦死了变成灰以后，在她被放置在象征死亡的松柏丛中为她举行葬礼的时候。

全诗中，主语用的是希腊，这是一个集体名词，代表的是整体，不是个体。也就是说，在希腊，每一个人都恨海伦，没有例外。但是，在这里，我们应该注意到 H.D. 是把自己置身事外的，她不是希腊人，所以也不是谴责海伦的人中的一员。H.D. 貌似在用一种客观的口吻叙述这个故事，但字里行间我们似乎感觉到诗人对此事的不以为然。从女性主义的角度来理解，对海伦的斥责和痛恨都是男权社会造成的。海伦是很美丽，但她的美丽与生俱来，不是她的错。如果男人不去争夺她，又何来特洛伊战争？这件事情，究其原因，还是在男人身上，是男人的色欲导致了对海伦的争夺，然后引起战争。然而，这只是表层的原因。深层的原因前面已经说过，是君主为了争夺土地、获得资源而发动的战争。如果是这样，这场战争跟海伦没有任何关系。如果不是海伦之争，同样会有别的借口被找出来以发动战争。

历史上还有很多这样的故事。当君主不贤明，把国家治理得一塌糊涂的时候，很多人就把罪责推到君主身边的女性身上，都说是君王宠幸某位妃子造成的。其实，一个国家的衰亡有很多原因，女性祸国，虽然也可能起了一点推波助澜的作用，但绝不是导致亡国的唯一原因。H.D. 的这首诗无疑是在谴责男权社会对女性的不公——把战争的责任推到海伦身上。这应该是诗人写这首诗的真正意图。

三、杜利特尔的哲理诗

Sea Rose

Rose，harsh rose，
marred and with stint of petals，
meagre flower，thin，
sparse of leaf，

more precious
than a wet rose，
single on a stem——
you are caught in the drift.

Stunted，with small leaf，
you are flung on the sand，
you are lifted
in the crisp sand
that drives in the wind.

Can the spice-rose
drip such acrid fragrance
hardened in a leaf?

海玫瑰

玫瑰，刺人的玫瑰，

饱受蹂躏，花瓣稀少，

瘦削的花朵，单薄，

疏落的叶子。

比一根茎上惟一的

一朵淋湿的玫瑰

更为珍贵——

你给卷入了海浪中。

开不大的玫瑰

叶子这样小，

你给扔到了沙滩上，

在风中疾驰的

干脆沙粒中

你又被刮了起来

那芬芳的玫瑰

能滴下这样辛辣的，

凝于一片叶子中的香气？①

【作品赏析】

1916 年，H.D.出版了第一部诗集，名曰《海园》，其中的第一首诗就是《海玫瑰》。玫瑰是我们大家都熟悉的花卉，代表美丽和爱情。H.D.在这首诗里描写的玫瑰不是长在土里的盛开的玫瑰，也不是鲜艳欲滴，插在花瓶里的美丽的玫瑰，而是海里的玫瑰。海玫瑰并不是一个玫瑰的品种，而是指一朵被扔在海里随波逐流并一再被海水冲到沙滩上的玫瑰花。所以，这朵玫瑰虽然有花有叶也有刺，但不再鲜亮，而是叶子稀疏，花朵瘦弱，花瓣稀少，也就是 H.D.在诗的第一节中说的样子。

在诗的第二节，诗人用了一朵鲜艳的玫瑰花来作为对比。一根枝上长着一朵鲜红的玫瑰，上面还带着露珠，这自然是漂亮诱人的，但是，诗人却表明了自己的态度，觉得随波逐流、备受摧残的海玫瑰比长在枝上鲜艳欲滴的玫瑰更加珍贵。

为什么呢？因为海玫瑰在海水中，被海水裹挟着飘来荡去，一会被冲到沙滩上，一会又被冲回到水里，一会又被风刮了起来。这样的玫瑰叶片细小，花瓣不全，却被海水冲刷，被风吹刮，给人饱经沧桑之感，而这种沧桑，在诗人的眼里，是另一种美。

在诗的最后一节，诗人用一个问句来表达自己对海玫瑰的赞美，因为经历过这种沧桑的海玫瑰，连一片叶子也能散发出辛辣浓郁的香气，而这种香气是普通玫瑰所没有的。换句话说，海玫瑰发出的芳香，是其

① 希尔达·杜利特尔：《海玫瑰》，载杨金才《新编美国文学史》(第三卷)，裘小龙译，上海外语教育出版社，2002，第 90-91 页。

他玫瑰不可及的。这是一种经历了摧残和逆境之后才能发出来的独特的香味。

从海玫瑰出发，推理到人。海玫瑰饱受摧残后比鲜艳欲滴的玫瑰更加珍贵，能发出普通玫瑰不能发出的独特的芬芳；而人也一样，一个人，在经受过考验，历经过磨难后也许会变得更加坚强，更有勇气面对挑战和困难，也更能够面对一切变化，在逆境中自强不息，渡过难关。这是我们阅读这首诗所能收获的启示。

Sheltered Garden

I have had enough.

I gasp for breath.

Every way ends, every road,

every foot-path leads at last

to the hill-crest—

then you retrace your steps,

or find the same slope on the other side,

precipitate.

I have had enough—

border-pinks, clove-pinks, wax-lilies,

herbs, sweet-cress.

O for some sharp swish of a branch—

there is no scent of resin

in this place,

no taste of bark, of coarse weeds,

aromatic, astringent—

only border on border of scented pinks.

Have you seen fruit under cover

that wanted light—

pears wadded in cloth,

protected from the frost,

melons, almost ripe,

smothered in straw?

Why not let the pears cling

to the empty branch?

All your coaxing will only make

a bitter fruit—

let them cling, ripen of themselves,

test their own worth,

nipped, shriveled by the frost,

to fall at last but fair

with a russet coat.

Or the melon—

let it bleach yellow

in the winter light,

even tart to the taste—

it is better to taste of frost—

the exquisite frost—

than of wadding and of dead grass.

For this beauty,

beauty without strength,

chokes out life.

I want wind to break,

scatter these pink-stalks,

snap off their spiced heads,

fling them about with dead leaves—

spread the paths with twigs,

limbs broken off,

trail great pine branches,

hurled from some for wood

right across the melon-patch

break pear and quince—

leave half-trees, torn, twisted

but showing the fight was valiant.

O to blot out this garden

to forget，to find a new beauty

in some terrible

wind-tortured place.

受庇护的花园

我受够了。

我大口呼吸。

每一条路都是死路，每一条路，

每一条步道最后都通到

那小山包的顶部——

而后你得折返回来，

否则就会发现背面同样的小山坡。

急转直下。

我受够了——

石竹花、康乃馨、百合花，

香草，水芹。

哦，树枝发出很响的嗖嗖声——

这个地方

没有树脂的气味，

没有树皮味，没有粗草味，

芬芳、香涩的——

只有沿路石竹花的味道。

你是否看过水果需要阳光

却被包着——

梨子用布包裹着，

不让霜打，

还有瓜，都快成熟了，

还被稻草盖得都要窒息了？

为什么不让梨子

挂在光秃秃的树枝上？

你所有的哄骗伎俩只会

使水果变苦——

让它们挂着，自然成熟，

考验自己的价值，

让霜啃噬，使之枯缩，

最后落地，但好好的

带着黄褐色的表皮。

还有瓜——

让它在冬日的阳光下

自然变黄，

甚至味道变酸——

让霜打过的——

严霜打过的味道——

比这带着包布味或枯草味的好。

因为这种美丽，

没有力量的美丽，

让生活窒息。

我想让风肆虐，

把这些石竹花茎吹得七零八落，

折断它们香喷喷的头，

把它们和枯叶一起扔到一边——

让小路布满嫩枝，

折断的粗树枝，

拖着大松枝

拖过瓜田，

折断梨树和温柏——

让树剩下残枝，破败，扭曲，

但显露出战斗的惨烈。

哦，让这个花园毁灭吧

忘了它，去寻找一种新的美

在某处可怕的

被风摧残的地方。[①]

---

　　① 　Hilda Doolittle，*H.D*：*Collected Poems* 1912－1944（New York：New Directions Books，1983），p.19.李美华译。

【作品赏析】

对于一帆风顺、没有经历过挫折的人,我们习惯用温室里的花朵来形容。温室是人造的封闭式空间,室内温度可以调节,为里面的植物提供最适合它们的生长条件。但是,如果是露天的,那相当于在大自然当中,必定会经过雨雪风霜的考验。在下面这首名为《受庇护的花园》的诗中,H.D.向我们描述了她对人工花园的看法。

诗的第一到第四节是第一部分,诗人描写了她不喜欢的"受庇护的花园"。这里,"受庇护的花园"指的是人工修造、打理的花园。诗中的"我"对这人工花园是不喜欢的,所以,在第一节中,她就发出了呐喊:"我受够了。/我大口呼吸。"因为她觉得快要窒息了。接下来,诗人描写了受庇护的人工花园的景致。首先是总体设计上的单调。所有的路径,包括步道,最终都通往小山包的顶部;而山的另一边,也是山坡,但坡道很陡,诗人用了"急转直下"这个词来形容。花园里的花自然是人工种植的,这些花,诗中的"我"并不喜欢,所以她重复"我受够了"这句话。

她不喜欢人造花园和花园里的花,那她喜欢的是什么呢?诗的第四节,诗人写到了她喜欢的东西,那是大自然中有的,如树脂、树皮和野草发出的自然、粗涩的味道;可是,在这花园里,没有这些东西,只有香味十足的人工种植的花,也就是让她觉得"受够"了的东西。

第五到第七节是诗的第二部分,诗人在这一部分表达了她对瓜果成熟方式的看法。她反对把未采摘的水果用布包起来,以免被霜打坏;而瓜用稻草遮盖着也不是好的办法。她认为梨子就该让它们挂在树上,接受阳光的照射,接受霜冻的考验,自然成熟,比人工保护成熟的来得好,让它们接受霜打,最后熟透了再掉落下来,就算阳光和霜冻把它们的表皮变成黄褐色,也还是好的。这样自然成熟的梨子比用布包着成熟的梨子味道更好。瓜类也一样,不要用干草盖住以防霜冻,就让它们在冬日的阳光下变黄,即使味道变酸也无所谓。经过霜冻的瓜类,经过严寒的考验,有它们自己的价值。

最后两节就是诗的第三部分。在这一部分,诗人的笔触又回到了人工的花园,进而再次表达了她不喜欢人工花园的观点。首先,诗人觉得人工花园的美是一种没有力量的美,这种美会让生活窒息,也就是把生命原始的活力给挤对走了。诗人宁愿一阵大风吹折所有人工种植的花卉,把它们连同落叶一起吹得七零八落,把花园里的树都吹折,让它们的残枝败叶落满小径,让整个花园残败不堪,惨不忍睹,显露出在这里曾经进行过一场惨烈的战斗。

诗的最后一节,诗人更是毫不避讳地表达了自己对人工花园的厌恶,声称让这个被保护着的花园毁灭吧,并彻底把它遗忘。然后到别的地方去寻找一种狂风暴虐后的新的美感,这种美感才是她心仪的美感。

综上所述,诗人不喜欢人工斧凿的花园,她崇尚自然的东西,并且认为大风肆虐过后的自然有一种独特的魅力,有一种与受保护的花园截然不同的美感。由此可以看出,诗人是喜欢大自然甚于人工花园的。如果用意象主义来分析,人工花园象征人们养尊处优、无忧无虑的生活,而人必须经过暴风雨的侵袭,经受生活中磨难的考验,他们的人生才会更丰富多彩,更有滋有味。富足而平淡无奇的生活,也是一种活法,但不如经历过磨难和沧桑的生活,可以丰富人生的阅历。

二、杜利特尔的自然诗

Pear Tree

Silver dust

lifted from the earth,

higher than my arms reach,

you have mounted,

O silver,

higher than my arms reach

you front us with great mass;

no flower ever opened

so staunch a white leaf,

no flower ever parted silver

from such rare silver;

O white pear,

your flower-tufts

thick on the branch

bring summer and ripe fruits

in their purple hearts.

梨　树

银色的尘雾

从地上升起，

高过我，我的手够不着，

你一直向上攀升，

哦，银色，

高过我，我的手够不着，

你面对我们，花团锦簇；

没有别的花

能开出如此坚挺银白的花朵

没有别的花

能够从如此罕见的银色再分离出银色

哦，白色的梨花，

你的团团花簇

怒放在枝头

你紫色的花心

带来夏天，带来果子的成熟。①

————————

①　Hilda Doolittle，*H.D*：*Collected Poems* 1912－1944（New York：New Directions Books，1983），p.39.李美华译。

【作品赏析】

这首诗歌是 H.D. 意象派诗歌的代表作品之一,写的是梨树和梨花。梨树是常见的果树,很多地方都可以见到,春天开花,夏天结果,开出的花是白色的。春天梨花开放的时候,往往可以看到满树的花,花团锦簇的,非常惹眼。梨花的银白色,给人的印象是漂亮、纯洁和灿烂。梨花开放的时候,它的银白色是最抢眼的,所以,H.D.在诗中用了四次silver 这个词:"银色的尘雾","哦,银色","罕见的银色","分离出银色"。

诗的第一节采用白描手法,写梨树的高度。因为比较高,所以诗中的"我"够不着。满树的梨花呈现眼前,从远处望去,就像从地面一直延伸到空中。

诗的第二节,诗人毫不犹豫地赞美起梨花来。梨花的银白,梨花的花团锦簇,在她眼里,是独一无二的,是别的花不能企及的,因为"没有别的花/ 能开出如此坚挺银白的花朵"。从这里,我们可以看出 H.D.对梨花的推崇和喜爱。从赏花角度来说,梨花确实很美,所以,我们用梨花来形容女子的美貌。而白居易在《长恨歌》中,写到唐明皇因为安史之乱,不得不在逃难途中处死了杨贵妃,造成"悠悠生死别经年,魂魄不曾来入梦"的悲伤场景后,让道士到处寻觅杨贵妃,终于在海上仙山蓬莱宫寻访到杨贵妃的下落。听说唐明皇派人来见她,杨贵妃"玉容寂寞泪阑干,梨花一枝春带雨"。也就是说,杨贵妃泪流满面,哭得像一枝带雨的梨花。杨贵妃的美貌大家都知道,而这里白居易用梨花来形容她的美貌,可见梨花在中国传统审美中,本身也是很美的。

但是,H.D.对梨花的赞美没有停留在梨花上面,在诗的第三节,她从花写到了果。花开过后,便到了结果的阶段。现在怒放枝头的梨花,是在为结果做准备。等到了夏天,梨子便成熟了。而梨子的心是紫色的,梨花、梨心和梨子,这是浑然一体的,梨树要结果,缺一不可。

　　所以,在这首诗中,H.D.突出了梨花的银白和花团锦簇为我们带来的视觉上的审美享受,进而表达了她对梨树的赞美,最后还表达了梨树不但开花还能结果的价值。通过阅读这首诗,我们对梨树又生出了一种崇敬和喜爱之情。

兰斯顿·休斯的诗歌

一、休斯简介

　　兰斯顿·休斯（Langston Hughes，1902—1967）是美国文坛的多面手，他既是著名的诗人，还是小说家、专栏作家、剧作家和散文家，也是少有的几个能够靠写作为生的非裔美国作家。他成名于哈莱姆文艺复兴时期。20世纪20年代至30年代，美国纽约黑人聚居区——哈莱姆的黑人作家发动了一场文学运动，史称哈莱姆文艺复兴，又称黑人文艺复兴。这一时期，因为黑人的觉悟和民族自尊心大大提高，一些黑人青年知识分子开始重新评价自己的艺术创造才能，并要求在文学艺术中塑造"新黑人"的形象，也就是不再逆来顺受、有独立人格和叛逆精神的黑人新形象。他们认为必须加强黑人文艺作品的艺术表现力。哈莱姆文艺复兴的主要代表人物有艾兰·洛克（Alain Locke，1885—1954）、女作家左拉·尼尔·赫斯顿（Zora Neale Hurston，1891—1960）和理查德·赖特（Richard Wright，1908—1960）等。休斯也是这个时期非常活跃的人物，但他的影响力远远超越了这个时期，对很多非裔美国作家都产生了很大的影响。

　　休斯出身于贫困的黑人家庭，小时候由于父母居无定所，到处迁居，他被寄居在很多不同的家庭。休斯曾经在一篇文章中坦言自己曾经睡过一万张床铺。四处迁移使休斯学会了黑人音乐布鲁斯和圣歌，而所有这些元素都在他日后的诗歌和小说创作中有所体现。休斯在中学时代就显示出自己写诗的才能，他还特别爱读书，因为爱读进而爱写，从此走上文学创作的道路。

休斯很擅长把个人遭受的痛苦和磨难经由写作转化成黑人群体甚至是人类共同的痛苦和磨难。1920 年，休斯中学毕业，他离开母亲，到墨西哥城去和父亲一起生活了一年，母亲对此大为光火。可他在父亲那里却并没有得到多少温暖。在墨西哥城的经历使休斯对种族、阶级和少数族裔等有了更深的印象和更多的体会。他把自己的痛苦感受写进了诗歌，《黑人说河流》就是这样的作品，而这首诗最终成了黑人整个群体集体痛苦的代表作。

　　休斯虽然以诗人著称，但是他多才多艺，创作体裁广泛，除了诗歌，还有小说、戏剧、短篇故事、散文、自传、童话等不同体裁的作品问世。他著有诗集《疲惫的布鲁斯》(*The Weary Blues*, 1926)、《抵押给犹太人的好衣裳》(*Fine Clothes to the Jew*, 1927)，小说《并非没有笑声》(*Not Without Laughter*, 1930)，短篇小说集《白人的行径》(*The Ways of White Folks*, 1934)，讽刺小品三部曲《辛普尔倾吐衷情》(*Simple Speaks of His Mind*, 1950)、《辛普尔的高明》(*The Best of Simple*, 1961)及《辛普尔的汤姆叔叔》(*Simple's Uncle Tom*, 1965)，还有自传《大海》(*The Big Sea*, 1940)、《我徘徊，我彷徨》(*I Wonder as I Wander*, 1956)等等。休斯在自己的作品中歌颂黑人文化，启蒙黑人的自我意识和种族觉悟，对美国黑人文学做出了很大的贡献。

二、休斯关于身份主题的诗歌

The Negro Speaks of Rivers

I've known rivers：

I've known rivers ancient as the world and older than the

    flow of human blood in human veins.

My soul has grown deep like the rivers.

I bathed in the Euphrates when dawns were young.

I built my hut near the Congo and it lulled me to sleep.

I looked upon the Nile and raised the pyramids above it.

I heard the singing of the Mississippi when Abe Lincoln

    went down to New Orleans，and I've seen its muddy

    bosom turn all golden in the sunset.

I've known rivers：

Ancient，dusky rivers.

My soul has grown deep like the rivers.

黑人谈河流

我了解河流，

我了解和世界一样古老的河流，

比人类血管中血液之流更古老。

我的灵魂变得和河流那样深沉。

晨曦中我在幼发拉底河沐浴。

我在刚果河边建造我的小屋，它催我入睡。

我注视着尼罗河，在河畔建起金字塔。

我听见密西西比河的歌唱，当亚伯·林肯

顺流而下到新奥尔良，而我已经看见

它浑浊的胸膛在夕阳中闪耀着金光。

我了解河流，

古老的，黝黑的河流。

我的灵魂变得像河流那样深沉。①

---

① 兰斯顿·休斯:《兰斯顿·休斯诗选》,凌越、梁嘉莹译,上海文艺出版社,
2018,第 1 页。

【作品赏析】

美国是个多种族汇聚的国家,其中的美国黑人有着独特的历史。北美洲最早并没有黑人,是白人殖民者通过各种方式从非洲引入大量黑奴后,北美蓄奴制才逐渐形成。所以,从一开始,黑人在美国就没有人身自由,只是白人的奴隶和财产。这是美国黑人这一群体背负的血泪史。美国内战以后,蓄奴制被废除,但是种族歧视却一直根深蒂固,即使到了 21 世纪的今天,也还没有完全杜绝。

休斯在《黑人谈河流》这首诗中,用诗歌的语言阐释了美国黑人的这段苦难史,同时也明确表达了自己对黑人身份的认同。诗中,休斯借用黑人的口吻谈河流。题目说是黑人谈河流,所以,诗中的"我"便是黑人。之所以要谈河流,是因为河流是人类文明的发源地。有河流就有水,有水才有生命。河流比人类更为古老,河流的历史比人类历史更悠久。所以,休斯说河流"比人类血管中血液之流更古老"。

诗的一开始,诗人就说:"我了解河流,/我了解和世界一样古老的河流",意思是说作为黑人,他们其实跟别的种族一样,对世界文明发展史也是做出过贡献的。黑人也是河流孕育出来的生命,在这一点上,黑人和别的种族没有什么两样,所以,各种族的人都应该是平等的。接下来,休斯提到了几条河流,它们是幼发拉底河、刚果河、尼罗河和密西西比河。幼发拉底河是人类文明的发源地——两河流域的河流,刚果河和尼罗河则是非洲的河流。我们知道,古埃及也是四大文明古国之一,非洲人和别的种族一样,有自己的历史,有自己的文明,对世界文明做出了贡献。但是,遗憾的是,他们被贩卖到美洲,来到密西西比河流域,成了白人的奴隶,连生命权都掌握在白人手里。

然而,林肯总统改变了这一点。19 世纪 60 年代,美国南北方因为是否废除蓄奴制的问题产生了矛盾，最后爆发了美国南北战争。时任美国第 16 任总统的林肯带领主张废奴的北方战胜了主张维系蓄奴制的南方，最终蓄奴制被废除，黑奴获得了人身自由。诗中提到的新奥尔良就是美国南部一个代表性城市。休斯说的"亚伯·林肯顺流而下到新奥尔良"象征林肯带领北方获得了南北战争的胜利。这次胜利让黑人在理论上跟白人一样，成了美国的公民，在法律上和白人是平等的，同样拥有选举权。所以，诗中写道："我听见密西西比河的歌唱"，且看见"它浑浊的胸膛在夕阳中闪耀着金光"。

"我的灵魂变得像河流那样深沉。"这句话在诗中出现了两次。这是休斯在强调黑人作为一个群体，一个种族，和河流一样有着悠久的历史，也是世界文明史的一部分。作为河流孕育出来的生命，和其他种族一样，是必须被尊重的生命。

I, too, sing America.

I am the darker brother.

They send me to eat in the kitchen

When company comes，

But I laugh，

And eat well，

And grow strong.

Tomorrow，

I'll be at the table

When company comes.

Nobody'll dare

Say to me,

"Eat in the kitchen,"

Then.

Besides,

They'll see how beautiful I am

And be ashamed—

I, too, am America.

我,也歌唱美国

我是黑皮肤兄弟。

客人来了,

他们让我到厨房吃饭,

但是我笑着,

满意地享受,

长得强壮。

明天,

客人来了,

我将在餐桌旁就座。

那时

没人胆敢

对我说，

"去厨房吃饭。"

此外，

他们将看见我是多么美，

并为此感到羞愧——

我，也，是美国。①

【作品赏析】

  这是一首与黑人身份认同有关的诗，诗的重点是黑人的社会身份，也就是黑人作为美国公民的身份。第一部分是写黑人还未获得和白人平等权利的时代。休斯开篇就说"我，也歌唱美国。"为什么用个"也"字？因为美国是个多种族组成的国家，美国黑人也是美国人口的一部分。但是，黑奴一开始没有人身自由，只是白人的私有财产。黑奴在被解放以前，不能享受和白人平等的待遇。也就是说，白人可以歌唱美国，而黑人没有这个资格。诗的第一节说的就是，在黑人白人不平等的年代，作为"黑皮肤兄弟"，黑人不能跟白人平起平坐，有客人来了，就被打发到厨房去吃饭。但是，后面的几句很重要。休斯说："但是我笑着，/满意地享受，/长得强壮。"也就是说，虽然受到歧视，被打发到厨房去吃饭，但是，黑人兄弟并没有生气，而是笑着接受，而且"长得强壮"。这里可以看出黑人乐观的生活态度和不自怨自艾、不妄自菲薄且顽强

---

  ① 兰斯顿·休斯：《兰斯顿·休斯诗选》，凌越、梁嘉莹译，上海文艺出版社，2018，第 20 页。

生存的形象。

诗的第二节用的是将来时,"明天"象征着将来。也就说,将来有一天,黑人终会获得和白人平等的权利。那时候,客人来了,黑人就不用再到厨房去吃饭了,而是可以在餐桌边坐下,和白人平起平坐。因为黑人被解放了,白人再也不是黑人的主人,白人和黑人是平等的,白人也就不敢对黑人发号施令了。我们再来看看这两行:"他们将看见我是多么美,/并为此感到羞愧"。黑人天生黑皮肤,而人类社会的审美大都以白为美。在哈莱姆文艺复兴时期,黑人提出了"黑就是美"的口号。这是提高黑人种族自信的举动,目的在于消除黑人中自暴自弃、自认为比白人丑陋的刻板观点;黑人要为自己黑色的皮肤感到骄傲,感到自豪,同时让别的种族感到羞愧。休斯在这首诗里也明确提到了这个主张。

诗的第一句是"我,也歌唱美国",说的是黑人和白人一样,也是美国公民,也是美国的主人,所以,也有权利歌唱美国。诗的最后一句"我,也,是美国"则是对第一句的呼应,声称黑人和白人一样,也是美国的一部分。

三、休斯关于黑人生活状况的诗歌

Madam and Her Madam

I worked for a woman,

She wasn't mean—

But she had a twelve-room

House to clean.

Had to get breakfast,

Dinner, and supper, too—

Then take care of her children

When I got through.

Wash, iron, and scrub,

Walk the dog around—

It was too much,

Nearly broke me down.

I said, Madam,

Can it be

You trying to make a

Pack-horse out of me?

She opened her mouth.

She cried, Oh, no!

You know, Alberta,

I love you so!

I said, Madam,

That may be true—

But I'll be dogged

If I love you!

女士和她的主人

我给一位夫人干活，
她并不苛刻——
可她的房子很大，
有十二个房间要打扫。

我要做早餐，
还有午餐和晚餐，
做完了这一切，
我还得照看她的孩子。

洗衣、熨衣、擦地板，
外加去遛狗——
活儿太多了，
几乎把我压垮。

我说，夫人，
是不是
你想要把我
变成一只驮马？

她开口说话，
大声叫喊，哦，不，不，

你知道的，艾伯塔，

我可是很爱你的！

我说，夫人，

那也许是真的——

但如果我也爱你，

那我可真的是太顽强啦！①

【作品赏析】

因为美国黑人特殊的历史，种族歧视在美国根深蒂固。虽然在
1865 年南北战争结束后蓄奴制就被废除了，但是，美国的种族歧视依
然很严重。直到 20 世纪 50 年代，美国还在实行种族隔离政策，这是美
国民权运动掀起的原因之一。

休斯的诗作中不乏反映种族歧视的诗歌，这首诗就是其中之一。
这首诗的语言简单，浅显易懂。题目中，第一个 Madam 是指诗中作为
佣人的女性，虽然诗中没有明确说明，但显然是个黑人女性。蓄奴制被
废除以后，很多黑人女性就成了白人家庭里的佣人。第二个 Madam，
指的则是白人女主人。在这里，白人主妇和黑人女佣是雇佣与被雇佣
的关系；但是，从诗中可以得知，黑人女佣要干的活太多了，除了洗衣做
饭，打扫卫生，还要照顾孩子，外加遛狗。所以，黑人女佣不免感到太
累，无法承受，这么多活，几乎把她给压垮了。于是，她提出了抗议，问
女主人是不是想要把自己变成一只驮马。驮马是一种很能负重的马，

---

① Langston Hughes, *The Collected Poems of Langston Hughes*, ed. Arnold
Rampersad(New York：Vintage Books，1994)，p.285.李美华译。

一种专门用来驮运东西的马。这意思很明显,是对白人主妇说,这么多活太繁重了,我受不了。可是,白人女主人矢口否认,还说"我可是很爱你的!"这不免令人感觉到白人主妇的虚伪——真的爱一个人的话,就应该为她考虑,尽量减轻她的负担。可是,她虽然声称自己是爱这个黑人女佣的,却把家里所有的活都压在她一个人身上,让她累得喘不过气来。这哪是爱的体现呢?

诗的最后一节体现了休斯的幽默感。黑人女佣既没有争辩,也没有生气,而是说:"夫人,/那也许是真的——/但如果我也爱你,/那我可真的是太顽强啦!"意思就是说,"你"让"我"干这么繁重的家务活,还要说"你"是爱"我"的,可见女佣对这话产生了怀疑。是真是假,诗中的"我"就不去弄清楚了,但"我"是无法爱"你"了。如果"我"也爱"你",那"我"真的是太顽强了。这里说的是反话,意思就是"我"是不可能爱"你"的。

这首诗道出了黑人女性在白人家庭干活的艰难和辛苦。其实,这是当时很多黑人女性共同的感受,也是共同的苦难。休斯在这首诗中用白描和幽默的手法再次写出了黑人女性群体的辛劳。

Night Funeral in Harlem

Night funeral

In Harlem:

Where did they get

Them two fine cars?

Insurance man, he did not pay—

His insurance lapsed the other day—

Yet they got a satin box

For his head to lay.

    Night funeral

    In Harlem:

    Who was it sent

    That wreath of flowers?

Them flowers came

from that poor boy's friends—

They'll want flowers, too,

When they meet their ends.

    Night funeral

    In Harlem:

Who preached that

Black boy to his grave?

Old preacher man

Preached that boy away—

Charged Five Dollars

His girl friend had to pay.

　　Night funeral

　　In Harlem:

When it was all over

And the lid shut on his head

and the organ had done played

and the last prayers been said

and six pallbearers

Carried him out for dead

And off down Lenox Avenue

That long black hearse done sped,

　　The street light

　　At his corner

　　Shined just like a tear—

That boy that they was mournin'

Was so dear, so dear

To them folks that brought the flowers,

To that girl who paid the preacher man—

It was all their tears that made

　　That poor boy's

　　Funeral grand.

　　Night funeral

In Harlem

夜晚的葬礼

在哈莱姆
夜晚的葬礼
在哈莱姆：

他们从哪里
弄来的两部好车？

是保险推销员，他没有付钱——
他的保险前些日子已经失效——
但他们还是弄了个锦缎盒子
好把他的头放在里面。

夜晚的葬礼
在哈莱姆：

把那花环送来的
是谁？

花来自
那个可怜男孩的朋友——
当他们走到人生尽头，
同样需要鲜花。

夜晚的葬礼

在哈莱姆：

是谁为那黑人男孩

做死前最后的祷告？

是一个老牧师

给他做最后的祷告——

要了五美元

男孩的女朋友只好付了钱。

夜晚的葬礼

在哈莱姆：

当一切都已结束

把棺木盖子盖上

音乐已经奏完

最后的祷告也已经说完

六个抬棺人

把他抬到灵车上

沿着伦诺克斯街

长长的黑色灵车飞驰而去，

街角的

街灯

闪烁,如同一滴眼泪——

他们哀悼的男孩

对那些带花来的邻里,

还有付了牧师费用的女孩,

是多么的,多么的可亲——

正是他们所有人的眼泪

使那男孩的葬礼

如此盛大。①

【作品赏析】

这是一首描写哈莱姆一个年轻人葬礼的诗。一个年轻人死了,但诗人没有告诉我们他死去的原因,只是描写了葬礼的过程。但是,从对葬礼的描写中,我们可以知道,年轻人只是哈莱姆一个普通的黑人,是一个卑微的生命。葬礼是在夜晚举行的。为什么要在夜晚举行,诗人没有告诉我们。对于葬礼,各国各地有不同的风俗,但基本上都是白天举行的。这个年轻人的葬礼之所以放在晚上,是因为晚上比较不会引起人们的注意? 或者是只有在晚上,人们才有空? 这些休斯都没有告诉我们。所以,这首诗,让我们对两个问题产生了疑问:第一,年轻人因什么而死? 第二,为什么要在晚上举行葬礼? 所以,这首诗的题目就引人联想了。

这首诗分四个部分,每个部分都用"夜晚的葬礼,在哈莱姆"开头。前三个部分都是问了一个问题,然后回答这个问题。哈莱姆是美国纽约黑人聚居区,住在这里的黑人大多比较贫困。在这里的葬礼上看见

---

① Langston Hughes, *The Collected Poems of Langston Hughes*, ed. Arnold Rampersad(New York:Vintage Books,1994),p.419.李美华译。

两部好车,是很少见的。所以,第一个问题就是那两部好车从哪里来的?下面的回答让大家知道,车是保险公司的推销员的。卖保险的推销员估计收入较高,所以能够开好车。但下面的话不禁让读者对保险公司的人心生敬意,因为死者的保险已经失效,按理保险公司没有义务赔付了。但是,他们还是弄了个锦缎盒子给死者,安放头颅,说明保险公司的人还是有一定的同情心的。

诗的第二部分,同样是一个问题及对问题的回答。虽然死者是一个连保费都续不起的穷苦男孩,但是,在他的葬礼上,朋友们还是给他送来了鲜花。这说明男孩的为人不错,朋友们不但来参加他的葬礼,而且还给他买了花。最后两句颇有深意:"当他们走到人生尽头,/同样需要鲜花。"生命有开始就有终结,不论是谁,最终都会走到生命的尽头,也就是说,总有一天都会死去。当那一天到来,人们都希望会有人来参加自己的葬礼,给自己送上鲜花,而不至于孤零零地离去。所以,这些人给男孩送花,既是为了男孩,也是为了自己。

诗的第三部分,问的是为男孩主持葬礼并在最后做祷告的牧师。这是西方的葬礼。信奉上帝的人在离开人世的时候,都要请神职人员来主持仪式,做最后的祷告。来给男孩做祷告的是个老牧师,但他做这事是要收费的,要得不多,也就五美元。男孩的女朋友付了钱。这说明男孩可能没有别的亲属了,所以要他的女朋友来付这笔钱。再者,牧师为什么要收这笔钱呢?请注意,这是一个老牧师,也许他没有别的收入,他的生计只能靠给人主持仪式来维持。所以,这既说明了男孩悲苦的身世,也说明了其他黑人穷困的生活状态。

诗的第四部分跟前面三个部分就不一样了,不再是一问一答的方式。葬礼结束了,棺盖已经盖上,男孩去往另一个世界。他的灵柩被六个抬棺人抬到灵车上,灵车沿街飞驰而去,留在原地的只有男孩的邻里,还有他的女朋友。写到这里,休斯才直接写到了葬礼的悲伤氛围。街灯闪闪烁烁,就像一滴悲伤的眼泪。男孩死了,对参加葬礼的人来说,同样是令人伤心的。送别早逝的朋友,更是增添了一份悲伤。悲伤之至,泪如泉涌。朋友们只能用婆娑的泪眼,送男孩最后一程。最后三行写道:"正是他们所有人的眼泪/使那男孩的葬礼/如此盛大。"

从诗中我们可以得知,男孩是哈莱姆区的一个穷苦男孩,穷得连保险费都没办法续缴,导致保险失效。他没有亲人,只有朋友和邻居。葬礼也很简单,不过是朋友们来送行,牧师为他做最后的祷告。但是,那么多朋友和邻居来参加男孩的葬礼,他们为男孩的死哀痛不已,痛哭流泪,这是友情和爱的力量。正是他们的友情和爱,让这男孩简单的葬礼变得盛大起来。

所以,在这首类似白描的诗中,休斯其实揭示了黑人生活的贫困,也展现了黑人群体的友情。而休斯用 Night funeral/In Harlem 这句诗贯穿整首诗的始终,是表示强调,说明哈莱姆区黑人的生活状况应该引起社会的重视。

四、休斯其他主题的诗歌

Dreams

Hold fast to dreams

For if dreams die

Life is a broken-winged bird

That cannot fly.

Hold fast to dreams

For when dreams go

Life is a barren field

Frozen with snow.

梦　　想

紧紧地抓住梦想吧

如果没有梦想

生命就成了折了翅膀的小鸟

再也不能飞翔。

紧紧抓住梦想吧

如果梦想已逝

生命就成了贫瘠的田地

冰冻如茫茫的雪地。[①]

【作品赏析】

休斯写了不少短小精悍却激人奋进的诗歌。这首题为《梦想》的诗就是一个典型的例子。诗只有两节,语言很简单。两节的第一行是一

---

　　① Langston Hughes，*The Collected Poems of Langston Hughes*，ed. Arnold Rampersad(New York：Vintage Books，1994)，p.32.李美华译。

样的诗句，用的是一个祈使句："紧紧抓住梦想吧。"就这一句，作为读者，我们已经能够体会到诗人认为梦想对于一个人来说是很重要的。接下来，诗人用了一个生动的比喻来形容梦想。他并没有直接说梦想像什么，而是用反向的比喻，说明没有梦想，生命会怎么样。诗人如是说："如果没有梦想/生命就成了折了翅膀的小鸟/再也不能飞翔。"翅膀是小鸟最重要的部分。有了翅膀，小鸟才能飞翔；如果没有翅膀，或者翅膀已经折断，小鸟飞不起来，也就不能被称为鸟类了。休斯把没有梦想的生命比喻成折断翅膀的小鸟，可见梦想对一个人来说有多重要。

诗的第二节，休斯又用了一个比喻："如果梦想已逝/生命就成了贫瘠的田地/冰冻如茫茫的雪地。"田地是用来种植庄稼的，而庄稼在春天播种，夏天生长，秋天收割。到了冬天，因为天气寒冷，气温不高，热量不够，庄稼难以生长。而且，很多田地到了冬天，往往被皑皑的白雪所覆盖，成了冻土，不要说种庄稼，连野草都很难生长。所以，冬天的田地是贫瘠的，难有收获。休斯告诉我们，如果一个人没有梦想，生命也就成了冬天的田地，鲜有价值、毫无生机。

通过这两个比喻，休斯告诉了我们梦想的重要性。是啊，人生在世，必须要心存梦想，有了梦想才会有奋斗的目标，才会有前进的力量。一个没有梦想的人往往不知道自己努力的方向，最终随波逐流，陷入浑浑噩噩的境地。而每个人的生命都是有限的，时间在不停地流逝，如果没有梦想，没有为了梦想去做出必要的努力，一辈子很快就会过去，到时发现自己一事无成，就只能后悔了。

所以，我们必须有梦想。每个人的梦想不一样，实现的过程和方法也不一样。但是，只要有梦想，就有希望。而没有梦想，就连实现梦想的可能性都没有了。

Life is Fine

I went down to the river,

I set down on the bank.

I tried to think but couldn't,

So I jumped in and sank.

I came up once and hollered!

I came up twice and cried!

If that water hadn't a-been so cold

I might've sunk and died.

　　But it was

　　Cold in that water!

　　It was cold!

I took the elevator

Sixteen floors above the ground.

I thought about my baby

And thought I would jump down.

I stood there and I hollered!

I stood there and I cried!

If it hadn't a-been so high

I might've jumped and died.

　　But it was

　　High up there!

　　It was high!

So since I'm still here livin',

I guess I will live on.

I could've died for love—

But for livin' I was born

Though you may hear me holler，

And you may see me cry—

I'll be dogged，sweet baby，

If you gonna see me die.

　　Life is fine!

　　Fine as wine!

　　Life is fine!

生活很美

我来到河边，

我在岸上驻留。

我试图想清楚但不能，

于是我跳进河里,下沉。

我一度上浮,叫喊!
我再次上浮,哭喊!
如果河水没有那么冷,
我可能已经下沉,死去。

但它那么
冷,在那河水里!
它那么冷!

我乘电梯
上到 16 层。
我想到我的宝贝
并想我将跳下去。

我站在那儿,叫喊!
我站在那儿,哭喊!
如果那儿不是那么高,
我可能已经跳下,死去!

但它那么
高,那儿
它那么高!

因此我还活着，

我猜我将继续活着。

我可以为爱而死——

但为了活着而生。

尽管你可以听到我叫喊，

你可以看见我哭泣——

我将是顽强的，甜心宝贝，

如果你正看到我死去。

生活很美！

美如葡萄酒！

生活很美！ ①

【作品赏析】

这是休斯的一首励志诗。这首诗共分三个部分，每个部分的结构是均衡的，各有三节。第一部分描写的是诗中的"我"似乎生活很不如意，所以产生了轻生的念头。他想采用的自杀方式是让河水把自己淹死，所以，他到河边去，坐在岸边。他试图想明白，但思绪万千，或者说思绪混乱，无法理性地思考，于是，他干脆跳入河中，让河水把自己淹没。但是，他没有如愿以偿地离开这个世界。因为河水太冷，他最终没有沉到水里，而是选择了活着，上岸来了。虽然这里说是因为河水太

① 兰斯顿·休斯：《兰斯顿·休斯诗选》，凌越、梁嘉莹译，上海文艺出版社，2018，第165-166页。

冷,但其实是黑人强烈的求生欲占了上风,才促使他放弃轻生的念头。

诗的第二部分,诗中的"我"又想选择跳楼来结束自己的生命。楼高十六层,如果真的跳下去,生还希望十分渺茫。那为什么想要跳楼呢?因为想到自己的宝贝,也就是自己的恋人。可能是因为失恋了,所以产生了轻生的念头。为情所困,甚至为情而死,这种事在现实生活中也是时有发生的。但是,诗中的"我"同样没有如愿而死。因为楼层太高,他最终没有跳,或者不敢跳。这里跟第一部分一样,诗人说因为楼层太高,所以不敢跳只是借口,真正的原因还是强烈的想要活下去的欲望。

诗的最后一个部分是全诗的重点,也是全诗的精髓。因为生活不如意,感情不顺利,于是产生了轻生的念头。但是,因为种种原因,求死不能,所以决定继续活下去。诗里说的"但为了活着而生"特别使人警醒。是啊,人来到这个世界上,由生而死,虽然是一个必经的过程,但绝不能把最后的死亡当成人生的目的。人生的目的是活着,而不是死去。在自然死亡到来之前轻率地结束自己的生命,是对自己不负责任,也是对父母亲友不负责任。

休斯在诗的最后,道出了生活的本质:"生活很美! /美如葡萄酒! /生活很美!"是啊,生活是美好的,活着本身就是一种幸福。人生在世,不可能永远一帆风顺,困难和挫折在所难免;但是,做人必须乐观,必须以积极向上的态度面对生活。任何时候,只要坚定"生活很美"的信条,就能够鼓足勇气,克服困难,渡过难关,让自己的生活继续下去。所以,活着虽然也不容易,但必须有乐观、坚强的精神支撑自己。

我们必须热爱生活,因为生活是美好的。但生活中必须有梦想,这样人生才会有奋斗的目标。让我们用休斯的最后两首诗来勉励自己,拥有梦想,创造美好的生活!

11

玛雅·安吉罗的诗歌

一、安吉罗简介

　　玛雅·安吉罗（Maya Angelou,1928—2014）于1928年4月出生于美国密苏里州的圣路易斯,从小在贫民窟中长大。年幼时,父母离异。她曾和外婆一起生活,后来回到母亲身边,年仅八岁时却又惨遭母亲的男朋友糟蹋。安吉罗把这事告诉了她的舅舅,舅舅就把糟蹋她的人打死了。自此安吉罗不再开口说话,因为她认为是自己的声音杀死了母亲的男朋友。后来,安吉罗在学校老师的帮助下,终于克服了心理障碍,回归正常的生活。但作为一个黑人女性,安吉罗的生活是艰难的。年轻时,她当过厨师、电车售票员、女招待和舞蹈演员。后来,她还成了一位单亲妈妈,可以想象她的生活多么不易。但是,安吉罗是个自强不息的典范。通过不懈的努力,她成了美国著名的黑人作家,发表了传记、诗歌、剧本等,同时也是编辑、导演和教师,还是一位成功的歌手和演员。她的诵读专辑曾经获得三次格莱美奖,她还曾在电影《根》中扮演过角色。此外,她还是一位活跃的社会活动家,和著名民权运动领袖马丁·路德·金是朋友。总之,安吉罗是一位非凡的女性。

　　作为作家,安吉罗的主要作品是五部诗集和六部自传作品。五部诗集分别是《在我死前就给我喝一口冷水吧》（*Just Give Me a Cool Drink of Water 'fore I Diiie*,1971）、《噢祈愿我的翅膀能够适合我》（*Oh Pray My Wings Are Gonna Fit Me Well*,1975）、《我还是站起来了》（*And Still I Rise*,1978）、《摇动者,你为什么不歌唱?》（*Shaker, Why Don't You Sing?*,1983）、《我不会感动》（*I Shall Not Be Moved*,

1990)。但更为人所知的是她的传记作品。1970 年，她的第一部自传《我知道笼中鸟为什么歌唱》(*I Know Why the Caged Bird Sings*，1970)出版，获得了很大成功，不但成了畅销书，而且还获得了美国国家图书奖的提名。接着，一部部自传相继问世，包括《以我的名义聚集》(*Gather Together in My Name*，1974)、《歌唱、摇摆，像圣诞一样快乐》(*Singin' and Swingin' and Gettin' Merry Like Christmas*，1976)、《女人的心》(*The Heart of a Woman*，1981)、《所有上帝的孩子都需要旅游鞋》(*All God's Children Need Traveling Shoes*，1986)。1993 年，她的回忆录《现在带上所有的一切上路》(*Wouldn't Take Nothing for My Journey Now*，1993)出版。她的最后一部自传是 2002 年出版的《飞向天堂的歌》(*A Song Flung up to Heaven*，2002)。由于安吉罗杰出的成就，克林顿邀请其在他的总统就职仪式上朗诵诗歌。安吉罗选择的作品是《早晨的脉动》。这首诗既是对生活的讴歌，也是对所有的听众和读者助力美国兑现实现真正民主的承诺的号召。

安吉罗是当代美国黑人女诗人中的杰出代表，她从 20 世纪 70 年代开始发表作品，一直笔耕不辍，获得过多项大奖。她的诗歌有着鲜明的民族主义立场，为黑人种族争取自由和平等。黑人妇女的觉醒也是她作品的主要主题之一。

二、安吉罗的爱情诗

Greyday

The day hangs heavy

loose and grey

when you're away.

A crown of thorns

a shirt of hair

is what I wear.

No one knows

my lonely heart

when we're apart.

阴　天

天阴沉沉的

变幻不定，阴郁不晴

你已经离去

戴在我头上的

是荆棘做的皇冠

穿在我身上的

是皮毛做的衬衫

你离去的时候

没人能够体会

我孤寂的心①

【作品赏析】

安吉罗的诗歌主题众多,涉及黑人的身份、种族歧视、个人奋斗等等,而爱情也是她的诗歌主题之一。这首题为《阴天》的诗似乎已经给了我们一点暗示——这会是一首关于失恋的诗。诗很短,只有三节,每一节只有三行。语言也很简单。诗里说得很明白,恋人已经离去,剩下"我"孤身一人。天气不好,阴沉沉的,一如"我"的心情。阴天象征着不好的心情。

在恋人离去的时候,"我"的心情是怎样的呢?这就是诗中第二节所描述的。是荆棘就有刺,用荆棘做的东西肯定会伤到皮肤。即使是皇冠,戴在头上,也一样不舒服,一样会刺伤头部的皮肤。可以想象出这是一种极其难受的状态。而皮毛是指动物的皮毛,用皮毛做的一般是大衣,冬天穿可以御寒。但是,衬衫多是天气不太冷的时候穿的衣服,如果衬衫用皮毛做成,在气温不低的时候穿,肯定热得浑身不自在,也是一种痛苦的状态。这就是诗中"我"的心情。

---

① Maya Angelou, *Maya Angelou：Poem*（New York：Bantam Books，1986），p.64. 李美华译。

最后一节,无疑是一种真实心情的表达。恋人离去了,剩下孤独的自己。那种孤独无以名状,只有当事人自己知道,别人是无法理解的。这首诗真实地表达出了失恋者痛苦的心情。

Poor Girl

You've got another love

    and I know it

Someone who adores you

    just like me

Hanging on your words

    like they were gold

Thinking that she understands

    your soul

Poor Girl

    Just like me.

You're breaking another heart

    and I know it

And there's nothing

    I can do

If I try to tell her

    what I know

She'll misunderstand

    and make me go

Poor Girl

    Just like me.

You're going to leave her too

    and I know it

She'll never know

    what made you go

She'll cry and wonder

    what went wrong

Then she'll begin

    to sing this song

Poor Girl

    Just like me.

可怜的姑娘

你又有了一份新的恋情

我是知道的

有个人爱上了你

就像我一样

她相信你的话

把它们当成良言警句

她以为她懂

你的心

可怜的姑娘

正如我一样

你正在伤害又一颗心

我是知道的

对这一切

我无能为力

如果我试图告诉她

我知道的一切

她会对我产生误解

让我滚开

可怜的姑娘

就像我一样

你将来也会离开她

这我是知道的

她永远也不会明白

你为什么要离开

她会哭泣，满腹狐疑

到底是哪里出了问题

然后她就会开始

唱这首歌

可怜的姑娘

就像我一样[①]

【作品赏析】

这首诗也是情诗,但却是一个女人对前任男友的一种谴责。诗共分三节。在第一节中,诗中的"我"表明自己已经知道原来的男友有了新欢。她描述了前任男友的现任女友的状况:她爱上了"你",相信"你"说的一切,还以为自己懂"你"的心。她的这一切表现,正如过去的"我"一样。也就是说,"我"还跟"你"好时,"我"也是这样的,爱"你",相信"你"的话,认为自己懂"你"的心。可是,最终还是被抛弃了。而现在这个可怜的姑娘,居然也爱上了"你"。可以想象,她今后的下场会是怎样的。安吉罗在这里其实是谴责了这个男性的朝三暮四,对爱情的不忠贞,这就是为什么安吉罗称男友的现任女友为"可怜的姑娘"的原因。

诗的第二节继续在深化男性不忠的主题。碰上这么一个不忠诚的男人,被抛弃是迟早的事。将来的某一天,现任女友也将被背叛,被抛弃,但是,对这一切,"我"什么也做不了。"我"当然可以好心地去劝告那个现任女友,告诉她自己是过来人,她将来也一定会步"我"的后尘。但是,"你"变心之前,她是看不到这点的,她不会相信"我"的话,只会认为"我"是妒忌,认为"我"是要蓄意破坏她的爱情,还会生气地把"我"赶走。"我"经历过这一切,知道这是真的。但她还没有经历过,还沉浸在和"你"的热恋当中,所以不相信。诗的最后一句,说的就是这也曾经是"我"的经历,过去有人告诉"我"这些,"我"也同样是不相信的。所以,这个可怜的姑娘就要重蹈"我"的覆辙,重复"我"的悲剧了。

---

① Maya Angelou, *Maya Angelou*: *Poems*(New York:Bantam Books,1986),p.65. 李美华译。

诗的第三节,时间设定在现任女友也被抛弃之后,设定在将来。将来的某一天,"你"也会离开她,就像过去离开"我"一样。但她却不会明白为什么。男友莫名其妙地离去,她甚至不明白分手的原因。对于女性来说,伤心哭泣是难免的,可于事无补,分手的原因仍是个谜。最终的结果,她也会和"我"一样,唱起同样的歌。

这首诗结构很工整,时间是现在和将来。从英语原诗就可以很明显地看出来,第一、二节用的是现在时,第三节用的是将来时。这首诗谴责了男性对爱情的不忠贞——一个女友接一个女友地换。被抛弃的女人尝到了苦果,试图去告诫后来者;遗憾的是,告诫无用,后来者不相信自己会被抛弃。等到事情真的发生,却只能伤心哭泣。现实生活中,这样的故事其实很多。所以,我们读安吉罗的这首诗,可以从中得到启示,对恋人的品性一定要谨慎察之,以免受到类似诗中的"你"这样的男人的伤害。

My Life Has Turned to Blue

Our summer's gone,

the golden days are through.

The rosy dawns I used to

wake with you

have turned to gray,

my life has turned to blue.

The once-green lawns

glisten now with dew.

美国经典诗歌赏析

240

Red robin's gone，

down to the South he flew.

Left here alone，

my life has turned to blue.

I've heard the news

that winter too will pass，

that spring's a sign

that summer's due at last.

But until I see you

lying in green grass，

my life has turned to blue.

我的生活已变得不如意

我们的夏天已经过去，

我们的黄金时代已经结束。

那些玫瑰色的凌晨

我习惯和你一起醒来

现在却已变成灰色

我的生活已经不如意

曾经绿油油的草地

因沾上露水而发光。

红色的知更鸟已经飞走，

飞到南方去过冬。

我被孤零零地留在这里

我的生活已经不如意。

我听到了消息

说冬天也一定会过去，

春天来了

夏天最终也会到来。

但除非我看到你

躺在绿油油的草地上，

否则我的生活还是不如意。[①]

【作品赏析】

这首诗理解起来也没有太大问题，还是以情感为主题。但是，从第一节读到第三节，可以知道，诗中的"你"可能是因为工作或者其他原因要离开一年。第一节说的是"你"的离去让"我"感到很惆怅。曾经相亲相爱，共枕而眠，一起醒来面对玫瑰色的清晨。这里的"玫瑰色"颇含浪漫色彩，意指两个人感情很好。但是，现在，"你"离开了，清晨便不再是玫瑰色的，而是灰色的。所以，我眼中的天色是随着心情的变化而变化的。两个人的生活变成了一个人的生活，所以，"我"的生活已经不如意。

诗的第二节是借景抒情，以鸟拟人。草地依旧，但知更鸟已经飞

① Maya Angelou，*Maya Angelou：Poems*（New York：Bantam Books，1986），p.209. 李美华译。

走。知更鸟是候鸟，冬天从北方飞到南方过冬，每年春天，再从南方飞往北方。诗中，知更鸟飞走了，可见冬天就要来临，而"你"也和知更鸟一样飞走了。接下来的这个冬天，"我"一个人孤零零地留在这里，生活自然也不会如意。

诗的第三节主要通过季节来表达情感。大自然有其自身的规律，每年都会有春夏秋冬的季节更迭。冬天的时候，"你"走了。按照规律，冬天来了，春天也就不远了，而一旦春天到来，夏天也就快到了。夏天很可能是诗中的"你"答应回来的季节。但是，对于留守在原地的"我"来说，这一年还是太久了。再者，说是会回来，但除非"你"活生生地躺在"我"面前的草地上，否则就还不是现实。这一年的等待，对"我"来说，是很难熬的。所以，生活当然还是不如意的。

这首诗清楚地表达了情人离开时的惆怅心情。这种心情非常复杂，既舍不得情人离开，又无可奈何；既有一年后情人即会回来的希望，又有时日尚久孤独寂寞的惆怅。这是一首很典型的抒发女性因情生愁的爱情诗。

三、安吉罗的黑人女性主题诗歌

Woman Work

I've got the children to tend

The clothes to mend

The floor to mop

The food to shop

Then the chicken to fry

Then baby to dry

I got company to feed

The garden to weed

I've got the shirts to press

The tots to dress

Then cane to be cut

I gotta clean up this hut

Then see about the sick

And the cotton to pick.

Shine on me, sunshine

Rain on me, rain

Fall softly, dewdrops

And cool my brow again.

Storm, blow me from here

With your fiercest wind

Let me float across the sky

'Til I can rest again.

Fall gently, snowflakes

Cover me with white

Cold icy kisses and

Let me rest tonight.

Sun，rain，curving sky
Mountains，oceans，leaf and stone
Star shine，moon glow
You're all that I can call my own.

女人的工作

我得照顾孩子

我得缝补衣服

我得拖地板

我得购买食物

我得炸鸡

我得给孩子擦干身体

我得给一家人做饭

我得给花园除草

我得熨衣服

我得给孩子穿衣

我得劈木材

我得打扫小屋

我得照顾病人

我还得去摘棉花

阳光照在我身上，阳光

雨水落到我身上,雨水

露水,轻轻地飘落

让我的前额透凉。

暴风雨,用你强劲的风

把我从这儿吹走吧

让我飞过天空

好让我能够休息

雪花啊,请轻柔地下

用你的雪白把我覆盖

清凉冰冷地吻着我

让我今晚能够休息。

太阳、雨水、弧形的天空

高山、大海、树叶和石头

星星闪烁,月光如洗

你们是我能说属于我的所有。[①]

【作品赏析】

安吉罗是黑人女诗人,她了解黑人女性在社会上的地位和处境,用诗歌表达出黑人女性的心声。这首诗就是她这方面诗歌的代表作品。

[①]　Maya Angelou, *Maya Angelou：Poems*（New York：Bantam Books，1986），p.144. 李美华译。

从内容来考虑,这首诗可以分成三个部分来解读。第一部分就是第一节的内容。这一节语言很简单,内容非常具体,讲一个女性要干的活,罗列下来就是:照顾孩子、缝补衣服、拖地板、购买食物、炸鸡、给孩子洗浴、给一家人做饭、给花园除草、熨衣服、给孩子穿衣、劈木材、打扫小屋、照顾病人和摘棉花。如果把这些活归类,就是除了屋里的家务活,还得干花园里的活,还得照顾病人和孩子,再就是到田里去干活。那么,这个女性是白人还是黑人呢?从她必须干的活来看,答案已经不言而喻,肯定是个黑人女性。再者,诗中还出现了 hut 这个词,就是小屋的意思。小屋就是给黑人住的地方,也只有黑人才可能去打扫黑人住的小屋,白人女性是不可能去干这种活的。最后一句说到"还得去摘棉花",联系到美国蓄奴制的历史,可以推测,这首诗写的是南北战争之前,也就是黑人还没有获得人身自由的时候。

一天到晚,从屋里到屋外,从小孩到大人,从健康的人到病人,这么多活,压在一个人身上,大家可以想象,这工作是多么繁重。而这,正是当时很多黑人女性的日常工作。安吉罗在这里成了黑人女仆的代言人。

第二部分包括第二、第三和第四节。从诗中可以得知,因为繁重的劳作,诗中的"我"已经太疲乏,太劳累,她唯一的愿望就是能够好好休息一下。但是,她不能去向主人要求休息,更不能自己决定停下来休息,于是,她向大自然寻求安慰,把自己的愿望向阳光、雨水、露水、暴风雨和雪花言明。但是,我们知道得很清楚,这些东西即使能够听到她的愿望,并且认同她需要休息的请求,它们也帮不了她。

读者可以读出这位女仆人的悲苦,还有她的无奈、她的辛酸、她的无助。她照顾伺候的人很多,但没有一个人是她可以寻求帮助的;她不能跟任何一个人讲她的辛苦、她的劳累、她想要休息的愿望。她只能向大自然吐露心声，讲出想休息的愿望，但这样做又是徒劳无益的。说到这里，不能不令我们对这位黑人女性产生悲悯和同情，也对社会的不公感到悲愤。

诗的第三部分就是最后一节，只有四句，但这四句却同样有其深刻的含义。前三句说的东西，都是大自然中的一部分。作为人类的一分子，她在这世界上却一无所有。她在主人家干活，自然一切都是主人的，连住的小屋也属于主人。如果联系到诗里说的还要到田里去摘棉花，那很可能还是在林肯解放黑奴之前，那就更惨了——黑人没有人身自由，连自己都是属于主人的。

黑人在社会上什么也没有，只能靠干繁重的活才能生存下去。只有大自然才属于黑人。这里，安吉罗无意中道出了地球是人类共同家园的道理。土地、房屋等等都可以被人占有，但是，其他自然界中之物不能被私人占有，比如太阳、天空，比如星星、大海，比如树叶、石头等等。换句话说，作为人，这位黑人女性不能从人类社会得到任何的慰藉和同情，只有这些大自然中的东西，才能给她安慰，与她共鸣。这无形中也说明了大自然能给予人安慰；而且没有不平等，没有种族歧视，大自然对所有的人都是一样的。

归纳一下，这首诗先是描述了一位黑人女性繁重的劳动，身累心也累的生活状态，同时展现了这位无助的女性面向大自然吐露自己心声的情景。最后，还道出了她在社会上受到不公正、不平等的待遇而又无处诉说，只能向大自然寻求慰藉的悲哀。

四、安吉罗的励志诗

Life Doesn't Frighten Me

Shadows on the wall

Noises down the hall

Life doesn't frighten me at all

Bad dogs barking loud

Big ghosts in a cloud

Life doesn't frighten me at all.

Mean old Mother Goose

Lions on the loose

They don't frighten me at all

Dragons breathing flame

On my counterpane

That doesn't frighten me at all.

I go boo

Make them shoo

I make fun

Way Hey run

I won't cry

So they fly

I just smile

They go wild

Life doesn't frighten me at all.

Tough guys in a fight

All alone at night

Life doesn't frighten me at all.

Panthers in the park

Strangers in the dark

No, they don't frighten me at all.

That new classroom where

Boys all pull my hair

(Kissy little girls

With their hair in curls)

They don't frighten me at all.

Don't show me frogs and snakes

And listen for my scream.

If I'm afraid at all

It's only in my dreams.

I've got a magic charm

That I keep up my sleeve，

I can walk the ocean floor

And never have to breathe.

Life doesn't frighten me at all

Not at all

Not at all.

Life doesn't frighten me at all.

生活没有吓倒我

墙上的影子

过道的声音

生活根本吓不倒我

恶狗在狂吠

云中有大鬼

生活根本吓不倒我。

刻薄的老鹅妈妈

四处游荡的狮子

它们根本吓不倒我。

龙在喷火

烧我的床罩

那也根本吓不倒我。

我发出嘘声

让它们也发出嘘声

它们逃跑的样子

让我得到快乐

我不会哭泣

于是它们飞走了

我只是笑笑

它们四处乱走

生活根本吓不倒我。

暴徒们在打架

夜里全都很孤单

生活根本吓不倒我

公园里的黑豹

黑暗中的陌生人

不,他们根本吓不倒我。

那新教室里

男孩子扯我的头发

(嘟着嘴的小女孩

头上满是卷发)

他们根本吓不倒我。

别把青蛙和蛇放在我面前

想要听我尖叫。

如果我害怕的话

那也只是在梦里。

我获得了一种魔力

我把它藏在袖子里，

我可以在海底行走

却连呼吸也不用。

生活根本吓不倒我

根本不能

根本不能。

生活根本吓不倒我。①

【作品赏析】

　　人生在世，不可能一帆风顺。不管是谁，都会碰到困难和挫折，甚至是很难过的坎。有的人在生活面前被困难吓倒，成了弱者。但有的人则不畏困难，迎难而上，最终成了生活的强者。从安吉罗的人生经历中，我们便可以看出一个生活强者的形象。而这首诗正是她作为强者的一种宣言。

　　显然，整首诗的核心句子也就是诗的题目：生活没有吓倒我。在诗

---

　　① Maya Angelou, *Maya Angelou*：*Poems*（New York：Bantam Books, 1986）P158.
李美华译。

中，还加上了强调的词"根本"，就是"生活根本吓不倒我"，而且几乎每一节都有重复这句话。从诗的内容来分析，诗人描述了人生的不同时期可能会把人吓倒的事件，但是，诗中的"我"却都不害怕，根本没有被吓倒。

诗的第一节，讲的是幼年时期。孩子对墙上的影子、过道里的声音、狂吠的恶犬以及只是听大人讲到的云中的大鬼都会感到莫名的恐惧，觉得那些东西都可能会伤害自己。其实，除了恶狗之外，其他都是子虚乌有的东西，不值得害怕；但是，在幼儿时期，孩子大都会害怕，这也是孩子的天性。但是，诗人却声称：它们"根本吓不倒我"。

诗的第二节，转入童话世界。刻薄的鹅妈妈、喷火的龙同样是会让孩子感到害怕的东西，但诗人还是声称，它们根本吓不倒我。而从诗的第三节可以得知，"我"不但没有被它们吓哭，没有被吓倒，而且还能从中取乐。"我"不但没有惊恐，反而笑了；"我"不害怕，它们反倒被吓跑了。这一节还有了些微的幽默感。其实，生活中很多事情就是这样，你怕了，就被那些困难打倒了；你若不害怕，迎难而上，困难反倒就退却了。这就像逆水行舟，不进则退。你没被吓倒，困难也许就会被你踩在脚下。

接下来的三节，说的是童年时期，也就是上小学的时期。这个年龄的孩子会去公园里玩，但毕竟是孩子，对公园的动物或者陌生人肯定也会感到害怕。而孩子去上学，调皮的男孩子也会欺负女孩子，去扯女孩的头发，或者把青蛙或者蛇这类动物突然放在女孩子面前，让女孩子吓得大声尖叫。但是，诗中的"我"还是声称，这些统统吓不倒"我"。在这一节里，我们还可以看出，诗中的"我"是被设定为黑人小女孩的，因为黑人的头发是卷发。

诗的第七节,在时间设定上比较模糊。按照诗的逻辑,这一节应该是写成年时期。所谓的"魔力",能在海底行走而不用呼吸,这当然是不可能的,是一种夸张的写法。但这里说明了"我"的自信,相信自己很有力量,能够抵御任何想把"我"吓倒的东西。如果"我"是这么一个超人,具有常人所没有的魔力,那还有什么能够吓倒"我"呢? 当然什么也吓不倒"我"了。于是,诗人在最后一节再次宣称:"生活根本吓不倒我。"

　　这无疑是一种铿锵有力的宣言。从幼年到童年,从童年到成年,很多东西能够吓倒别人,但吓不倒"我"。如果我们把这首诗跟安吉罗的生活经历联系起来,便真的会觉得这首诗就是她自己人生奋斗的总结。童年被糟蹋,失声多年不说话,十几岁就成了单亲妈妈,后来的婚姻也不顺利,诸如此类的遭遇,有一桩就可能把一个人打倒;可是,对安吉罗来说,她不但没有被打倒,反而成了令人瞩目的巨星,在文学界、表演界、社会活动各方面都做出了卓越的成就,这不能不让人心生敬意。

12

玛丽·奥利弗的诗歌

一、奥利弗简介

　　玛丽·奥利弗（Mary Oliver，1935—2019）于 1935 年出生于美国俄亥俄州，从小在克利夫兰长大，跟大自然有种天生的亲近感。她喜欢在室外散步和阅读，很早就开始尝试写诗。十几岁的时候，有段时间曾经住在著名诗人米莱（Edna St. Vincent Millay）家里，作为秘书为这家人整理诗人去世后遗留下来的诗稿。这段时间的经历对奥利弗的诗歌创作影响很大。她曾经上过两所大学——俄亥俄州立大学和瓦萨学院，但都没有获得学位就离开了。但这并不影响她成为一位杰出的诗人。

　　1963 年，奥利弗的处女作《没有旅程及其他诗歌》（*No Voyage and Other Poems*，1963）出版，在美国诗歌界引起了人们对她的关注。1972 年，《冥河，俄亥俄及其他诗歌》（*The River Styx，Ohio，and Other Poems*，1972）出版。此后，她一发不可收，不时便有诗集问世。1983 年，她的第五部诗集《原始的美国》（*American Primitive*，1983）为她赢得了普利策诗歌奖，1992 年的《新诗选》（*New and Selected Poems*，1992）又获得美国国家图书奖。此后她的名气越来越大，作品也受到越来越多读者的喜爱。除了上述诗集，她的其他诗集还包括《夜行者》（*The Night Traveler*，1978）、《光之屋》（*House of Light*，1990）、《白松树》（*White Pine*，1994）、《蓝色的牧场》（*Blue Pastures*，1995）等。除了诗歌，奥利弗还有散文和散文诗问世，如《西风：诗和散文诗》（*West Wind：Poems and Prose Poems*，1997）和《冬日的时光》（*Winter*

Hours,1999)等。

奥利弗深受惠特曼和梭罗的影响,对大自然的观察细致入微。她作品中体现出来的对大自然的熟悉程度给人一种 19 世纪文学的特点,所以,她常被比作美国 19 世纪著名女诗人艾米莉·狄金森,也被认为是和爱默生一样富有远见的人。她的诗歌根植于美国自然写作的传统,被认为是人类社会文明泛滥的一种解药。在她的诗歌中,读者可以体会到大自然给予的宁静、愉悦、慰藉以及天人合一的感觉。这和喧嚣的城市生活形成了鲜明的对比,让人们不禁对回归自然心生憧憬和向往。

奥利弗终生未婚,50 年代末结识了女摄影师库克(Molly Malone Cook),两人此后一直住在一起,直到 2005 年库克去世。之后奥利弗一人独居,直至 2019 年去世。

二、奥利弗的生活诗

A Visitor

My father, for example,

who was young once

and blue-eyed,

returns

on the darkest of nights

to the porch and knocks

wildly at the door,

and if I answer

I must be prepared

for his waxy face,

for his lower lip

swollen with bitterness.

And so, for a long time,

I did not answer,

but slept fitfully

between his hours of rapping.

But finally there came the night

when I rose out of my sheets

and stumbled down the hall.

The door fell open

and I knew I was saved

and could bear him,

pathetic and hollow,

with even the least of his dreams

frozen inside him,

and the meanness gone.

And I greeted him and asked him

into the house,

and lit the lamp,

and looked into his blank eyes

in which at last

I saw what a child must love,

I saw what love might have done

had we loved in time.

一名访客

譬如,我的父亲,

他曾年轻,

有蓝色的眼睛,

在漆黑之夜

回来了,

站在走廊上

使劲敲门,

如果开门,

我必须准备好

看见他惨白的脸,

他痛苦肿胀着的

下嘴唇。

因此,过了很久

我都不去开门,

而是断断续续

睡在他的敲门声中。

终于,那个夜晚来临了,

我爬出被窝,

跌跌绊绊地走过客厅。

打开了门。

我知道我解脱了，

我能容忍他的

可怜与空虚，

以及冻结在他内心的

最渺茫的梦。

我不再小气，

我向他问好，并请他

进门，

打开灯，

注视着他茫然的眼神。

最终，我在里面看到了

一个孩子必须爱什么，

只要我们及时去爱了，

爱可能会成就什么。①

【作品赏析】

奥利弗的作品中最有名的是自然诗。她的诗作中，大部分都是自然诗，但也有少部分诗歌着眼于生活。这是一首表现父女关系的诗，题目叫作《一名访客》，让读者有先入为主的感觉，认为是有个客人造访诗

① 玛丽·奥利弗，倪志娟译，https://www.douban.com/group/topic/36648578/，访问日期：2022 年 2 月 15 日。

中的"我"的家。但是,诗一开篇就告诉我们,这不是一名普通的访客,而是"我"的父亲,是亲人,而不是客人。父亲在夜里回来了,使劲敲门,作为女儿的"我"却很长时间拒不开门,对父亲的敲门声置之不理,还"断断续续睡在他的敲门声中"。为什么女儿不给父亲开门?这是作为儿女不该做的事。但是,"我"之所以不开门,是因为还没有准备好接受他,不想"看见他惨白的脸,/他痛苦肿胀着的,/下嘴唇。"

可见,这个父亲现在的形象并不使人愉悦,因为他脸色苍白,下嘴唇肿胀,而且脸上的表情是痛苦的。但是,父亲不是一直就是这样的,他也曾经年轻,"有蓝色的眼睛"。但是,因为什么变成这个样子呢?诗人没有告诉我们为什么父亲会变,但隐隐可以感觉到,父亲定是离开相当长一段时间了,现在想重新回到女儿身边,而且心情很迫切,所以他"使劲敲门"。但是,没有人来开门。女儿坦言,她并非睡熟没有听到,也知道外面的人就是她父亲;但是,她不打算去开门,所以继续睡觉,哪怕已经被吵醒,还是装作没听见,拒绝给父亲开门。

接下来,诗来了个大反转。女儿本来一直拒绝给父亲开门,但父亲锲而不舍,坚持来造访,来敲门。终于有一天,女儿不再坚持,而是爬出被窝,跌跌绊绊去给父亲开了门。从这一节诗中,我们大概可以设想一下情节:也许是父亲多年前便已离家,置女儿于不顾。女儿对抛弃自己的父亲有了积怨。现在父亲回头了,再来找女儿,女儿却不愿意原谅父亲,这才有了父亲使劲敲门而女儿置之不理的情景。

诗的第二节,自然写的是父女见面后的情景。第一句,诗人说,"我解脱了"。从这里可以得知,这个女儿一直不给父亲开门,把他拒之门外,但她并非能做到若无其事,冷酷无情,而是也在自责,所以,心里也不好受。父亲因为女儿不开门而恼怒,女儿因为无法说服自己接受父亲,内心在接受道德的拷问和良心的煎熬,同样不好受。现在,终于说服了自己,给父亲开了门,所以她觉得自己终于解脱了。开了门,看到父亲,女儿原来坚决拒绝父亲的态度已经改变。虽然站在她面前的父亲既可怜,又空虚,与年轻时早已判若两人,所有的梦想也早已荡然无存,但是,女儿释怀了,原谅了父亲。既然原谅了父亲,也就能够接受父亲现在的任何状态。原来自己对父亲有怨气,而现在觉得自己不该那么小气;所以,女儿主动向父亲示好,向他问候,请他进门,并且注视着父亲茫然的眼神。这说明女儿已经打开了心结,可以坦然地面对父亲了。

诗中最能给人启示的是最后四句:"最终,我在里面看到了/一个孩子必须爱什么,/只要我们及时去爱了,/爱可能会成就什么。"人来到这个世上,不可能孑然独立,都是有父母家人的,亲情是一个人不可少的东西。但是,亲人之间,由于各种原因,可能会有矛盾,甚至互相伤害,互不往来;但是,血浓于水,亲情是割不断的。父母给了孩子生命,把孩子带到这个世界上,孩子就必须感恩,必须爱父母。即使父母做了一些错事,让孩子不认同,孩子对父母的爱也不能就此停止。而爱是可以成就很多东西的,中国的古话"家和万事兴"说的就是这个道理。

所以,奥利弗的这首诗讲述的是女儿从不原谅父亲到冰释前嫌,说服自己去爱父亲的经过,给我们带来的启示是很有意义的。倒数第二句中的"及时"一词也很有寓意:爱父母,爱家人,必须要及时,不要等到来不及去爱,或者对方已经感受不到这种爱,才感到后悔。这一点,对不在父母身边的子女,真的很重要。所以,希望大家读了奥利弗这首诗,都能够及时去爱父母,爱家人,而且要向父母和家人明确表达你的爱,这才是明智之举。

三、奥利弗的死亡诗

When Death Comes

When death comes

like the hungry bear in autumn；

when death comes and takes all the bright coins from his purse

to buy me，and snaps the purse shut；

when death comes

like the measle-pox；

when death comes

like an iceberg between the shoulder blades，

I want to step through the door full of curiosity，wondering：

what is it going to be like，that cottage of darkness？

And therefore I look upon everything

as a brotherhood and a sisterhood，

and I look upon time as no more than an idea，

and I consider eternity as another possibility，

and I think of each life as a flower, as common

as a field daisy, and as singular,

and each name a comfortable music in the mouth,

tending, as all music does, toward silence,

and each body a lion of courage, and something

precious to the earth.

When it's over, I want to say: all my life

I was a bride married to amazement.

I was the bridegroom, taking the world into my arms.

When it's over, I don't want to wonder

if I have made of my life something particular, and real.

I don't want to find myself sighing and frightened,

or full of argument.

I don't want to end up simply having visited this world.

当死亡来临

当死亡来临

就像秋天饥肠辘辘的熊；

当死亡来临，从他的钱包里拿出所有亮闪闪的硬币

购买我,然后啪地一声把钱包合上;

当死亡来临

就像麻疹天花

当死亡来临

犹如肩胛骨之间放了一座冰山,

我想带着好奇穿过那道门,寻思着:

在那黑屋子里,到底会是什么样子?

所以,我对所有的一切

都以兄弟姐妹相待,

我把时间仅仅当做一种想法,

把永恒当做另一种可能,

我把每一个生命当成一朵鲜花,

和田野里的雏菊一样,但又是独一无二的,

把每一个名字都当成嘴里发出的舒缓的音乐,

趋向最后的寂然无声,就像所有的音乐一样,

把每一个肉体都当成勇敢的雄狮,

是对地球特别珍贵的东西。

当一切都已结束,我要说说我的一生

我是个新娘,嫁给了神奇

我是个新郎,把世界揽入我的怀中。

当一切都已结束,我不想去捉摸

我是否让我的生命独一无二,且真真切切。

我不想发现自己又叹气又恐惧,

或是满是争论。

我不想生命直至结束,才发现自己只是造访了这个世界。^①

【作品赏析】

很多诗人都就死亡这一主题写过很多经典作品,如狄金森的《我不能停下来等待死亡》《当我死去时——我听到苍蝇嗡鸣》等。奥利弗同样也用诗歌对死亡进行过思考,《当死亡来临》这首诗就是其中之一。该诗以自由体形式写成,每一节行数不等。

按照诗的内容,可以把它分成三个部分。第一部分包括前面的四节,奥利弗用了几个意象来比喻死亡。首先,她说死亡就像秋天饥肠辘辘的熊。熊是食肉动物,秋天来临,冬天很快就要接着到来,冬天对熊来说是比较艰难的,因为很难觅到食物。因此在秋天它必须找到足够的食物果腹,以积攒脂肪去冬眠。所以,秋天饥肠辘辘的熊是很危险的。而死亡就像这样的熊,可见是挺可怕的。接下来,奥利弗说死亡是倾其所有,来购买"我"的生命。这说明死亡是孤注一掷,志在必得,一定要夺走人的生命。接着,奥利弗的比喻转到了疾病上,用麻疹天花来比喻死亡。因为很多人的死亡都是由疾病造成,而麻疹天花都是传染病,也是比较棘手的病,人一旦染上这些病,生命也就有了危险,随之而来的可能就是死亡了。最后一个比喻是死亡就像一座冰山放在人的肩胛骨之间,也就是在人的背上搁一座冰山。这当然也是凡人受不了的,既受不了那个重量,也受不了那种寒冷。总之,这部分说的死亡,都是危险而致命的,也是人无可奈何的。

给了死亡各种比喻之后,诗人终于说出了自己的想法:"我想带着好奇穿过那道门,寻思着:/在那黑屋子里,到底会是什么样子?"人死后,被放在棺材里,然后埋在土里;不管是棺材里还是坟墓里,都是黑漆漆的。死后有没有另一个世界?若有,那个世界又会是什么样子的?其实,很多人都会对这些问题感到好奇。人死了是一了百了,什么也不复存在,还是还有灵魂,灵魂是不灭的?这谁都无法回答,因为从来没有人能够死了以后再活过来回答这些问题。奥利弗也和所有人一样,对这些问题很好奇,但她一样也无法给出答案。

由死亡,诗人却写到了生的问题。因为死亡之后的世界是未知的,而现实生活是活生生的,所以,更重要的是现在怎么看待现有的世界。这就是诗的第二部分,从第五节到第八节。因为对死亡的未知,所以更加珍惜现有的一切。在第五节中,奥利弗言明了自己的态度:友善对待一切,把它们都当成自己的兄弟姐妹。而时间,就是一种感觉。因为时间是无始无终的,人在时间长河里不过是沧海一粟。时间可以永恒,但人的生命呢?有宗教信仰的人信奉人死了灵魂不灭,从这个角度来说,人的灵魂可以永恒。但是,奥利弗说,她只是"把永恒当做另一种可能",说明她对灵魂不灭之说存在疑惑,或者说,她并不确定是不是如此。

接下来的三个小节共六行诗表明了诗人对待生命的态度。她把生命当成鲜花,每个人既是芸芸众生中的一员,有共性,但又是独一无二的,各有各的特点。她把每一个名字当成音乐,也就是说她欣赏每个生命自身的价值,生命的价值就像音乐一般令人感到愉悦。但是,只要是音乐,最终都会消失。生命也是如此,精彩过后就会消亡,而这,就是死亡。最后说到的是动物。每一个动物,虽然大小不一,有的凶猛如虎豹,有的卑微如昆虫,但是,在诗人眼里,都是一样的,都是"勇敢的雄狮"。而每一个动物,对于地球整个生态系统来说,自然都是很珍贵的。

诗的最后一部分包括最后三个小节,诗人开始思考生命的意义。在这最后一个部分,奥利弗更是表明了自己对生命的态度。既然来到这个世界上,那么要如何度过自己的一生? 她坦言,她要让一生遇上神奇,欣赏神奇,甚至把自己变成神奇。她要把整个世界拥入怀中,其实就是热爱大自然,与大自然亲密接触,与大自然融为一体。她要让自己的一生过得真实而独特,等到死亡来临的时候,她要让自己对自己感到满意,不会因为什么而叹气懊悔,自然也不要对死亡充满恐惧。

最后一句是全诗的精华:"我不想生命直至结束,才发现自己只是造访了这个世界。"只是造访了这个世界,意思就是只是来这世上走了一遭,生命的意义和价值没有体现,浑浑噩噩地过了一辈子。在这一点上,奥利弗的观点和梭罗在《瓦尔登湖》中说的一句话有异曲同工之妙,那就是:"我幽居在森林之中,是因为我希望小心谨慎地生活,只想去面对生活的基本要素,看看自己能否学会生活必定会传授于我的东西,以免死到临头,才发现自己白活了一场。"

四、奥利弗的自然诗

August

When the blackberries hang

swollen in the woods, in the brambles

nobody owns, I spend

all day among the high

branches, reaching

my ripped arms, thinking

of nothing, cramming

the black honey of summer

into my mouth; all day my body

accepts what it is. In the dark

creeks that run by there is

this thick paw of my life darting among

the black bells, the leaves; there is

271

this happy tongue.

八　月

当黑莓饱满地

挂在林中,挂在不属于任何人的

莓枝上,我整天

晃悠在高高的

枝条下,什么也不

想,只是伸出

被划破的胳膊,把

夏日的黑蜜

塞进嘴中;整天,我的身体

自得其乐。在流过的

幽暗溪水中,有我

生命的厚爪,张扬在

黑色的钟型浆果和枝叶间;还有

这欢乐的语言。①

①　玛丽·奥利弗,倪志娟译,https://www.douban.com/group/topic/36648578/,访问日期:2022 年 2 月 15 日。

【作品赏析】

奥利弗以自然诗著称。她的作品中,十之八九都属于自然诗。奥利弗最喜欢的事情就是到森林中漫步,观察大自然中的一切。蓝天白云、动物植物、飞鸟虫豸都能被她写进诗歌。她经常带着笔和笔记本,有灵感了就适时写下来。用她的话说,她只是削尖铅笔等待着。

《八月》这首诗其实写的就是奥利弗在秋高气爽的八月天在野外吃野果的经历和感受。八月是美国黑莓成熟的季节,成熟、饱满的黑莓让诗人忍不住大快朵颐。因为这些黑莓"挂在不属于任何人的莓枝上",所以,是大自然当中的野果,诗人可以尽情地享用而不用有丝毫的顾虑。虽然没有顾虑,但胳膊还是被划破了。因为黑莓是蔷薇科灌木,枝条上有刺,采摘时不小心就会被划伤。可是,诗人此时已经顾不上被划伤的手臂,只是尽情地享用美味的野果。诗人还把黑莓比喻成是"夏日的黑蜜",说明黑莓很甜,很可口。大家可以想象一下,把这甜美的黑莓塞进嘴里,大饱口福,那是多么令人愉悦的经历和感受!

所以,诗人整天都待在这黑莓丛中,让"身体自得其乐"。也就是说,她不但饱了口福,而且心情很好,很舒畅。这时候,诗人就把自己和大自然联系在一起了。诗人在黑莓的枝条下,采摘黑莓,享用美味的黑莓,她的这一行为无疑融入了大自然当中。"流过的幽暗的溪水",这里象征的是时间的流程;在这一天,诗人采摘黑莓、食用黑莓是时间流程的一部分。但是,还不仅于此,还有什么呢? 这就是诗的最后一行说的:"……还有/这欢乐的语言。"这里,欢乐的语言也许是大自然中的声音,如风吹过的声音,她的手触及黑莓丛发出的声音,她享用黑莓的咀嚼声,还有那块野地里的其他声音,林林总总,都有可能。但还有一种不能少的欢乐的语言,那就是诗人写成的这首诗。

Last Night the Rain Spoke to Me

Last night

the rain

spoke to me

slowly, saying,

what joy

to come falling

out of the brisk cloud,

to be happy again

in a new way

on the earth!

That's what it said

as it dropped,

smelling of iron,

and vanished

like a dream of the ocean

into the branches

and the grass below.

Then it was over.

The sky cleared.

I was standing

under a tree.

The tree was a tree

with happy leaves，

and I was myself，

and there were stars in the sky

that were also themselves

at the moment

at which moment

my right hand

was holding my left hand

which was holding the tree

which was filled with stars

and the soft rain—

imagine! imagine!

the long and wondrous journeys

still to be ours.

昨夜，雨和我交谈

昨夜，

雨

和我交谈，

它慢条斯理地说，

从翻卷的云层

落下

是何等快乐，

一旦落到地面

又会产生

一种新的快乐！

这是雨落下时

所说的话，

它散发出铁的气息，

然后消失了，

消失在枝条

和草丛中，

像大海的一个梦。

雨停了。

天空洁净。

我站在

一棵树下。

树是一棵

长满欢乐枝叶的树，

而我是我自己，

此刻

天上的星星

也是它们自己。

我的右手

正握着

左手，

我的左手正握着树，

树上布满了星星

和温柔的雨——

想象！想象！

这漫长而精彩的旅程

仍然属于我们。①

---

　　① 玛丽·奥利弗，倪志娟译，https://www.douban.com/group/topic/36648578/，访问日期：2022 年 2 月 15 日。

这是一首自然诗,没有分节,是一气呵成写完的。诗的一开始,诗人描写了雨降落的过程。雨从云层中落下,落到地面上,然后消失在地球上的某个地方,如枝条中,如草丛中。但是,诗人却把雨拟人化了,好像雨在跟诗人对话。雨告诉诗人,降落是一种快乐,而落到地面上,又会产生新的快乐。雨落到地面上,成了地上的水,而水最后流入大海;所以,雨到了地面上以后,会变成大海的一个梦。雨过天晴,天空显得特别洁净。地上的一切被雨淋过,也会显得特别清新。而这一切,都会是雨的快乐。

可见,诗人把下雨的过程写成了一种快乐,说是雨的快乐,其实是诗人看到下雨的过程而体会到的快乐。雨的快乐传递到诗人身上,或者说诗人心里的快乐传递到落下的雨中,大自然的快乐与人的快乐相互吻合,人与自然和谐相处的感觉也就被表达出来了。

接下来,诗人开始把自己写进诗中。诗中的"我"站在树下,也是站在地球上。"我"的右手握着左手,左手则抓着树,"树上布满了星星和温柔的雨"。星星是天上的,雨也是从天上下下来的,这样,天、地、人,通过星星、树和雨就联系在了一起,形成了一个整体。这不就是天人合一的生态观吗?人类作为自然界中的生命,本应该尊重自然,敬畏自然,和自然和谐相处,共同在这"漫长而精彩的旅程"中迸发,这才是正确的生态观。只有这样,这"漫长而精彩的旅程"才会像诗人最后说的"属于我们"。这是诗人的愿望,也应该是人类的愿望!